Anne of Green Gables

Anne of Green Gables

빨간 머리 앤

Lucy Maud Montgomery 원작 | 천선란 추천

1판 1쇄 인쇄 2021년 11월 5일 | 1판 1쇄 발행 2021년 11월 15일

엮은이 이규희 | 그린이 홍우리
펴낸이 정중모 | 펴낸곳 팡세미니 | 등록 1988년 1월 21일(제406-2000-000202호)
편집장 서경진 | 편집 정혜연 | 디자인 권순영
마케팅 김선규 | 제작 윤준수 | 관리 이원희, 고은정, 원보람
주소 경기도 파주시 회동길 152
전화 031-955-0700 | 팩스 031-955-0661 | 홈페이지 www.yolimwon.com
전자우편 bbchild@yolimwon.com
ISBN 978-89-6155-954-6 04800, 978-89-6155-907-2(세트)

어린이제품안전특별법에 의한 제품 표시
제조자명 파랑새 | 제조년월 2021년 11월 | 제조국 대한민국 | 사용연령 8세 이상

Anne of Green Gables

빨간 머리 앤

루시 모드 몽고메리 원작 | 천선란 추천

팡세
미니

우리는 모두 각자의 빨간 머리를 가지고 있다.
그것이 자신의 콤플렉스임을 밝히며
무례한 사람들에게
앤처럼 일침을 날렸으면.

차례

우리 모두의 다른 이름, 빨간 머리 앤

아이가 어른이 되려면 몇 사람을 만나야 할까. 스치는 사람이야 헤아릴 수 없을 정도로 많겠지만 무사히 어른에 닿을 수 있도록 삶에 기꺼이 뒤엉켜 줄 사람은 앤이 만난 사람들 정도면 충분할 것이다. 빨간 머리를 부끄러워하고 경멸하는 앤에게, 보이는 것보다 어떤 마음을 품고 있는지가 더 중요하다고 말해 주는 사람이 있는데, 무엇이 더 필요할까. 어린 시절 앤을 바라보며 귀담아듣지 않았던 그 문장들 이제는 곱씹고 또 곱씹게 된다. 나를 사랑하는 가장 가까운 사람의 진심 어린 조언이 삶을 아름답게 만든다는 것을 다시금 깨닫는다. 초록 지붕에서 벌어지는 앤의 삶은 언제나 활기차고 풍만하며 아름답다. 우리가 학창 시절에 만났던 앤은 고집 센 아이일 뿐이었는데, 이제 앤은 당차고 멋있어 보인다. 부끄러움을 숨기지 않는 것, 타인의 무례함을 지적할 수 있는 것, 자신의 잘못을 용서할 수 있는 것이 얼마나 어려운 일인지 이제 우리는 알기 때문일 것이다. 자신에게 집이 생겼음을 마음껏 기뻐하는 마음과 입양이 취소될지도 모르는 상황에서 슬프다고 말할 수 있는 앤은, 이미 그 자체로도 완벽하고 단단한 사람이다. 모두가 앤이 되었으면 좋겠다. 우리는 모두 각자의 빨간 머리를 가지고 있다. 그것이 자신의 콤플렉스임을 밝히며 무례한 사람들에게 앤처럼 일침을 날렸으면 좋겠다. 나아가 그럼에도 그것이 나의 한 부분임을 인정하고, 더 나아가 끝내 콤플렉스를 끌어안으며 자신만의 개성으로 만들 수 있는 '앤'이 되기를 바란다. 외롭고, 상처받고, 때로는 억울함에 주저앉기도 하지만 자신의 감정을 있는 그대로 받아들이며 기어코 털고 일어나는 그 사랑스러움. 사랑스럽다는 말이 잘 어울리는 앤이 되기를!

소설가 천선란

Anne of Green Gables

빨간 머리 앤

놀라운 소식

6월의 햇살이 에이번리 마을을 눈부시게 비추고 있을 때, 린드 부인은 창가에 앉아 차를 마시고 있었습니다. 그때 초록지붕집에 사는 매슈 커스버트가 마차를 몰고 지나가는 게 보였습니다. 에이번리 마을을 오가는 사람들은 린드 부인 집 앞의 언덕길을 거쳐야 하기 때문에 린드 부인은 지

나다니는 사람들을 자연스럽게 볼 수 있었습니다.

'어디 가는 거지? 양복까지 차려입었잖아.'

린드 부인은 고개를 갸웃했습니다.

매슈는 조용한 성격으로, 여자들과 말하는 걸 무척 쑥스러워했습니다. 그래서 집을 벗어나 사람들이 많은 곳에 가는 일이 드물었습니다. 특히 매슈가 양복을 차려입는 것은 흔한 일이 아니었습니다.

'무슨 일인지 가서 물어봐야겠어.'

린드 부인은 차를 마신 뒤 집을 나섰습니다. 길가에는 들장미가 탐스럽게 피어 있었습니다.

'초록지붕집에서 매슈와 마릴라 남매 둘이 사는 걸 보면 좀 별난 것 같아.'

린드 부인은 깔끔하게 청소된 뒤뜰로 들어섰습

니다. 그러고는 부엌문을 두드렸습니다.

"네, 들어오세요."

마릴라의 목소리가 들렸습니다. 린드 부인은 집 안으로 들어갔습니다. 응접실도 아주 깔끔했습니다.

"어서 오세요, 린드 부인. 가족들은 안녕하시지요?"

창가에 앉아 뜨개질을 하고 있던 마릴라가 반겼습니다. 식탁에는 저녁이 준비되어 있었습니다.

'접시가 세 개인 걸 보니 손님이 오기로 되어 있군. 그런데 귀한 손님은 아닌가 보네.'

식탁에는 손님용 접시가 아닌 늘 쓰던 그릇이 놓여 있었고, 사과 통조림과 케이크가 보였습니다.

"네, 모두 잘 지내고 있답니다. 그런데 매슈가

어딜 가던데, 혹시 의사를 데리러 가는 건가요?”

린드 부인은 뜸 들이지 않고 궁금한 것을 물어 보았습니다.

“아니요. 매슈 오라버니는 브라이트강역에 갔어요.”

“무슨 일로요?”

“네, 고아원에서 남자아이를 데려오기로 했는데, 기차로 온다는 연락을 받았거든요.”

“마릴라, 그게 정말이에요?”

린드 부인은 깜짝 놀랐습니다.

“정말이랍니다.”

마릴라가 태연하게 대답했습니다.

“어떻게 그런 생각을 하게 된 거죠?”

린드 부인이 비난하는 투로 말했습니다.

“스펜서 부인이 작년 크리스마스 즈음에 여기

왔었어요. 그 부인이 고아원에서 여자아이를 입양하겠다고 하더군요. 오라버니와 그때부터 입양 문제를 생각하게 되었어요. 오라버니가 나이가 들어 일을 도와줄 남자아이가 필요하거든요."

"그래도 맙소사! 그 아이가 어떤 아이인지, 부모가 어떤 사람인지도 모르고 입양을 한다는 건 바람직한 일이 아니에요. 미리 나와 상의했다면 난 반대했을 거예요."

마릴라는 계속 뜨개질을 하며 린드 부인의 말을 듣고 있었습니다.

"네, 부인이 우려하는 것처럼 저도 불안했어요. 그런데 오라버니가 워낙 확고해서 저도 찬성했어요. 친자식이라도 걱정은 따를 거예요."

린드 부인은 단호한 얼굴로 말했습니다.

"앞으로 무슨 일이 일어나도 내가 충고를 제대

로 해 주지 않았다고 탓하지 말아요."

린드 부인은 입양 올 남자아이를 보고 집에 가고 싶었습니다. 하지만 그러려면 몇 시간이 걸릴 것 같아 마지못해 초록지붕집을 나섰습니다.

"아무리 일을 도와줄 남자아이가 필요하다 해도, 결혼도 안 한 남매가 아이를 키운다는 건 무리야. 아이 키우는 게 쉬운 줄 아나."

린드 부인은 들장미 넝쿨이라도 들으라는 듯이 말했습니다.

Anne of Green Gables

빨간 머리 앤

상상하는 걸 좋아해

매슈는 부지런히 마차를 몰아 역에 도착했습니다. 대합실 밖 판자 더미 위에 여자아이가 앉아 있는 게 보였습니다.

'너무 일찍 왔나 보군.'

매슈는 남자아이를 마중 나왔기 때문에 그 아이는 대수롭지 않게 지나쳤습니다. 마침 역장이 저녁을 먹으러 가려고 매표소 문을 닫고 있었습니다.

매슈는 역장에게 다가가 물었습니다.

"5시 30분에 도착하는 기차가 오려면 얼마나 기다려야 하나요?"

"아, 그 기차는 일찍 도착해서 30분 전에 떠났는데요. 참, 스펜서 부인이 당신이 데려갈 아이라면서 데려다주고 갔어요. 저기 있네요."

역장이 판자 위에 앉아 있는 여자아이를 손으로 가리켰습니다. 매슈는 깜짝 놀랐습니다.

"대합실에서 기다리라고 했더니, 상상하기에

는 탁 트인 곳이 좋다고 하면서 밖에서 기다리겠
다더군요."

역장이 덧붙여 말했습니다.

"여자아이라고요? 전 남자아이를 데리러 왔는
데요."

"이런, 뭔가 잘못된 모양이군요. 스펜서 부인은
저 아이를 데려다주었거든요."

매슈는 곤란한 표정을 지었습니다.

'이거 어쩐다?'

매슈는 아이에게 그 사실을 알려야 한다는 생각
에 어깨가 무거워졌습니다. 열한 살쯤 되어 보이
는 아이는 낡은 황갈색 원피스를 입고 있었
습니다. 몸은 말랐으며 얼굴에 주근깨가
있고, 머리카락은 빨간색이었습니다.
겉모습은 그렇지만 자세히 보았다면

발랄하고 생기 넘치는 커다란 눈과 맑은 영혼을
가졌다는 걸 알 수 있었을 것입니다.

매슈는 판자 위에 앉아 있는 아이에게 천천히
다가갔습니다.

'이런 곤란한 일이 벌어지다니······.'

매슈는 어떻게 말을 꺼내야 할지 고민되었습니
다.

그때 아이가 먼저 말을 걸며 손을 내밀었습니
다.

"아저씨, 아저씨가 초록지붕집의 매슈 커스버트
씨죠? 반갑습니다. 전 아저씨가 데리러 오지 못하
면 어쩌나 걱정했어요. 만약에 아저씨가 오시지
않으면 저기 있는 커다란 벚나무 위에서 밤을 지
낼 생각이었어요. 하얀 벚꽃과 달빛이 이불처럼
포근하게 감싸 주면 근사하겠죠? 전 아저씨가 오

늘 안 오시면 내일은
꼭 오실 거라고 생각
했어요."
　매슈는 아이가 내민
작은 손을 잡으며,
기쁨으로 반짝이는
아이의 두 눈을 바라
보았습니다. 도저히 아이에게 사실대로 말할 수
가 없었습니다.
　"부지런히 온다고 했는데 늦었구나. 저기 뜰에
마차를 세워 놓았단다. 그 가방은 내가 들으마."
　"아니에요. 제가 들게요. 이 가방에는 제 물건들
이 모두 들어 있거든요. 그것보다도 가방이 낡아
서 잘 들지 않으면 손잡이가 빠질 수 있어요."
　아이는 명랑하게 말하며 매슈를 따라왔습니다.

"아저씨가 와 주셔서 진심으로 감사해요! 초록 지붕집까지는 한참 가야 하지요? 하지만 전 괜찮아요. 마차를 타고 가면 여행하는 기분이 나서 즐거울 것 같아요. 아아, 저에게 가족이 생긴다는 건 정말 신나고 감사한 일이에요. 전 지금껏 가족이 없었거든요. 으윽, 고아원 생활은 정말 끔찍해요. 비록 넉 달밖에 살지 않았지만 더 살라고 하면 거절하고 싶어요. 사람들은 좋은데, 고아들밖에 상상할 수 없다는 건 전혀 즐겁지 않았어요. 전 상상하는 게 좋아요. 상상을 하면 낮에 힘들었던 일들을 잊을 수 있거든요."

아이는 재잘재잘 이야기를 하더니 숨이 찬지 조용히 따라왔습니다.

"어서 타라."

마차가 있는 곳에 도착하자 매슈가 말했습니다.

아이는 마차를 타고 비탈진 작은 언덕길을 내려갈 때까지 입을 다물고 있었습니다.

언덕길을 내려가니 아이는 다시 조잘조잘 이야기를 했습니다.

"저기는 벚꽃이 활짝 피었네요. 아, 제가 이렇게 아름다운 프린스에드워드 섬에 살게 되리라곤 상상도 못 했어요. 정말 행복해요. 아저씨는 말 많은 거 싫어하시죠? 조용히 있을까요?"

"난 괜찮다. 말하고 싶은 게 있으면 마음껏 하렴."

매슈는 아이가 하는 말이 재미있었습니다.

"정말요? 저는 아저씨와 마음이 잘 맞을 것을 알고 있었어요. 대체로 어른들은 아이들이 떠드는 걸 싫어하지만요. 스펜서 아주머니 말로는 아저씨네 집을 초록지붕집이라고 한다던데요? 집

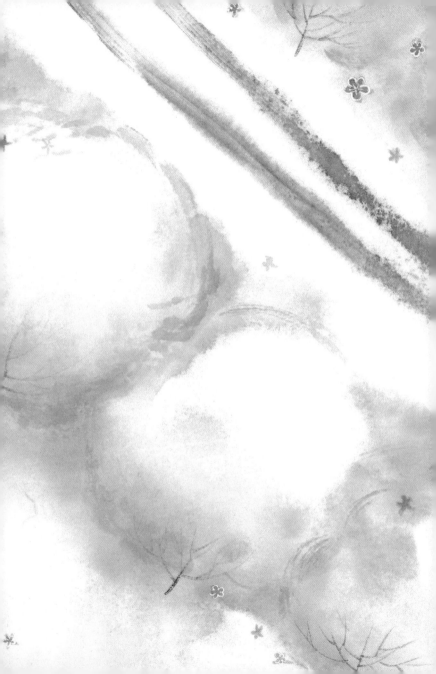

주위엔 나무들이 많다고 들었어요. 그래서 전 아주 기대가 돼요. 혹시 집 근처에 시냇물이 흐르나요?"

"집 아래에 있단다."

"정말요? 전 시냇물이 흐르는 곳에서 살고 싶었어요. 꿈이 이루어지다니! 하늘을 날아갈 듯이 행복해요. 이것만 빼고요."

아이가 자신의 머리카락을 들어 보이며 시무룩한 표정을 지었습니다.

"아저씨는 이게 무슨 색으로 보이세요?"

"빨간색이잖니."

"아저씨 눈에도 그렇죠? 전 제 머리카락이 빨개서 싫어요. 주근깨 있는 얼굴이며 마른 몸은 상상해서 더 나은 모습이 될 수 있지만, 빨간 머리카락은 상상해도 다르게 바뀌지 않아요. 아예 빨간 머리가 아니라는 걸 상상하는 게 힘들어요."

아이는 한숨을 내쉬었습니다. 그러곤 말없이 주위 풍경을 바라보기만 했습니다.

그러다 마차가 모퉁이를 돌아 가로수 길로 접어들 때였습니다. 아이가 놀라 탄성을 질렀습니다.

"어머, 어머나, 세상에!"

아이는 가로수 길을 지나오는 내내 놀란 얼굴이었습니다. 양쪽으로 심어진 사과나무의 꽃이 무더기로 피어서 터널처럼 길게 이어져 있었습니다. 아이는 사과나무 터널이 끝날 때까지 황홀한 표정으로 말없이 사과나무들을 쳐다보고 있었습니다.

"먼 길 오느라 피곤하지? 조금만 가면 된다."

매슈는 아이가 배가 고파 말할 기운이 없는 모양이라고 생각했습니다. 그제야 아이는 사과나무 터널에서 눈길을 돌려 매슈를 바라보았습니다.

"아저씨, 온통 꽃으로 덮여 있는 그 길 이름이 뭐예요?"

"가로수 길 말이냐? 정말 볼 만하지?"

"아휴, 아저씨, 볼 만하다니요? 그렇게 황홀한 길을 그 정도로 표현하면 안 되지요. 다른 이름은 없나요?"

"글쎄, 그냥 가로수 길이라고 부르는데."

"음, 그 길에 어울리는 이름을 지어 줘야겠어요. 새하얀 환희의 길. 어떠세요, 근사하죠?"

아이는 만족스런 표정으로 말했습니다.

또 배리 연못을 지나갈 때도 아이는 '반짝이는 호수'라는 이름을 지어 주었습니다.

"이제 다 왔다."

매슈가 초록지붕집을 가리키려고 하자 아이가 급하게 말렸습니다.

"아저씨, 제가 맞혀 볼래요. 저 집이죠? 저 집을 보자마자 제가 살 집이란 걸 알았어요. 아, 제가 살 집이 있다니요, 정말 꿈을 꾸는 것 같아요."

아이의 눈은 행복으로 가득 찼습니다. 매슈는 저토록 좋아하는 아이에게 어떻게 사실을 말할지 앞이 깜깜했습니다.

드디어 마차는 초록지붕집 뜰에 들어섰습니다.

"자, 내려라."

아이는 가방을 들고 집 안으로 들어왔습니다.

"오라버니, 잘 갔다 왔어요?"

마릴라가 나오며 반겼습니다. 그러다 아이를 보더니 얼굴이 굳어졌습니다.

"오라버니, 남자아이가 아니고 여자아이잖아요. 어떻게 된 거죠?"

"저 애가 와 있더군. 역장 말로는 스펜서 부인이 저 애를 데려다 놓고 갔다더군."

매슈의 말을 들은 마릴라의 목소리가 높아졌습니다.

"우린 남자아이를 원했잖아요. 그런데 여자아이라뇨? 뭔가 잘못된 게 틀림없어요."

"그랬나 봐. 하지만 아이를 그냥 두고 올 수 없었어."

매슈가 아이 쪽을 슬쩍 보며 머쓱하게 말했습니다. 그제야 아이는 상황이 이해되는지 들고 있던 가방을 떨어뜨렸습니다.

"아, 남자아이를 원하신 거군요. 지금껏 삐삐 마르고 주근깨 투성이에다 빨간 머리카락을 가진 저를 진심으로 원한 사람이 없었는데…… 그런 줄도 모르고 아름다운 풍경을 보며 꿈만 꾸고 있었으니, 이제 어떡해요?"

아이는 식탁에 엎드려 울었습니다. 아이를 키워본 적이 없는 매슈와 마릴라는 당황스러웠습니다.

"얘야, 울지 마라."

"어떻게 울지 않을 수가 있어요? 아주머니도 자기가 살 집이라고 생각하고 왔더니 남자아이가 아니라서 원치 않는다면 저처럼 슬퍼서 울걸요."

"그래도 그만 울어라. 일이 어떻게 된 건지 알 때까지 넌 여기 있을 거야. 참, 이름이 뭐니?"

마릴라가 부드럽게 말했습니다.

"코델리아라고 불러 주
시면 좋겠어요."

"그게 네 이름이니?"

"아니요, 그렇지만 그
이름이 멋지고 우아하잖
아요."

"무슨 말을 하는지 모르겠구나. 네 진짜 이름은
뭐니?"

"앤 셜리예요."

아이는 자신의 이름이 못마땅한 듯이 대답했습
니다.

"그 이름이 어때서 그러니? 좋기만 한데."

"앤도 좋은데, 코델리아가 더 마음에 들어요. 앤
이라고 부르시려면 끝에 이(e)가 있는 앤으로 불
러 주세요. 앤(Ann)말고 앤(Anne)으로 말예요."

"그게 뭐가 다르다고 그러냐?"

"다르지요. 짧게 부르는 앤보다 길게 부르는 앤이 더 품위가 느껴지잖아요."

"그래, 알았다. 끝에 이(e)자 붙은 앤, 우리는 남자아이를 원했는데 어떻게 된 일이니? 고아원에 남자아이가 없었니?"

"아니요, 남자아이는 많아요. 하지만 스펜서 부인은 열한 살쯤 된 여자아이라고 말했어요. 원장님이 제가 좋을 것 같다고 했을 때 얼마나 기뻤는지 한숨도 못 잤어요."

앤은 매슈를 원망스럽게 바라보았습니다.

"아저씨는 왜 역에서 말해 주지 않으셨어요? 새하얀 환희의 길과 반짝이는 호수를 보지 않았다면 이 집에 살고 싶은 소망이 덜했을 거예요."

"저 애가 뭐라고 하는 거예요?"

"그, 그건 나랑 오면서 나눈 이야기를 말하는 거야."

매슈는 허둥거리며 나가서 말을 마구간에 넣고 들어왔습니다.

그리고 셋은 식탁에 앉아 저녁을 먹었습니다. 앤은 거의 식사를 할 수 없었습니다.

"마릴라, 피곤할 텐데 앤을 자게 하는 게 좋겠어."

"그럼요, 재워야지요."

마릴라는 앤을 이층 동쪽 방으로 데리고 갔습니

다. 앤은 가방과 모자를 들고 마릴라 뒤를 따라갔습니다.

"잠옷으로 갈아입고 자거라."

마릴라가 방을 나갔습니다. 앤은 깨끗한 방을 둘러보다 눈물이 나왔습니다.

식탁으로 돌아온 마릴라는 매슈에게 말했습니다.

"심부름을 시켰더니 이런 일이 벌어지네요. 내일 내가 직접 스펜서 부인을 만나러 가야겠어요."

"마릴라, 저 아이가 그렇게 여기 있고 싶어 하는데 꼭 돌려보내야 할까?"

"뭐라고요? 설마 우리가 기르자는 말은 아니죠? 우리는 오라버니 일을 도울 남자아이가 필요하다고요."

"그거라면 마을 사람들한테 말해서 남자아이를

고용하면 돼. 저 애가 네 말벗이 되어 주면 좋잖
아."

"전 말벗은 필요 없어요. 그리고 아이를 키워 보
지도 않았는데 어떻게 저 애를 돌볼 수 있겠어
요?"

마릴라는 딱 잘라 말했습니다.

Anne of Green Gables

빨간 머리 앤

가족이 되다

앤은 잠에서 깨어 주위를 둘러보았습니다. 벌써 날이 밝아 햇살이 창으로 쏟아져 들어왔습니다. 앤은 어젯밤 일이 떠올랐지만 얼른 무거운 기분을 떨쳐 내고 창문을 활짝 열었습니다.

"아, 아름다워!"

흐드러지게 핀 벚나무 가지가 창 쪽으로 뻗어

있었습니다. 집 양옆에 있는 과수원에도 사과나무와 벚나무의 꽃이 하늘을 가릴 정도로 피어 있었습니다. 과수원 나무들 밑에는 민들레가 무더기로 피어 있었고, 뜰에는 라일락이 향기를 뽐내고 있었습니다. 뜰 한쪽에는 들판이 있었으며 그 아래로 시냇물이 흐르고 있었습니다.

'아, 바로 내가 상상하던 집이야. 그런데 이 집에서 살 수 없다니!'

앤은 넋을 잃고 창밖의 풍경들을 바라보았습니다.

"일어났으면 옷을 갈아입어야지."

마릴라가 방으로 들어와 말했습니다.

"정말 환상적이에요, 그렇죠?"

"나는 늘 봐서 잘 모르겠다. 침대 정리를 한 다음 아침 식사를 하렴."

잠시 후 앤은 아래층으로 내려와 식탁에 앉았습니다.

"오늘 아침은 맛있게 먹을 수 있을 것 같아요. 아침에 눈을 뜨고 창밖을 보았을 때 얼마나 감탄했는지 몰라요. 그렇지만 상상에 불과한 거지요. 왜 제 생각대로 이루어지는 일이 별로 없는지 모르겠어요."

"아휴, 네 말을 들으며 밥을 먹으려니 밥이 어디로 들어가는지 모르겠다."

마릴라 말에 앤은 조용히 밥을 먹었습니다.

"아주머니, 설거지는 제가 할게요."

식사를 다 한 뒤 앤이 일어나며 말했습니다.

"할 수 있겠니?"

"그럼요. 접시 깨뜨릴까 봐 걱정하시는 거죠? 걱정 마세요. 잘할 수 있으니까요. 저는 아이도 잘 돌볼 수 있어요."

앤은 씩씩하게 말하며 설거지를 했습니다.

'제법이군.'

마릴라는 야무지게 설거지하는 앤을 바라보았습니다.

오후가 되자, 마릴라는 앤을 데리고 스펜서 부인을 만나러 가기 위해 마차에 올라탔습니다.

"아침에 제리 부트라는 남자아이가 왔다 갔단다. 일손을 돕게 하면 되겠어."

마릴라는 매슈의 말이 무슨 뜻이지 알면서도 모른 척하고 마차를 몰았습니다. 매슈는 마차가 멀어질 때까지 멀거니 서 있었습니다.

"아주머니, 전 지금 기분이 좋아요. 즐겁게 마차를 타기로 했거든요. 고아원으로 돌아간다는 생각은 하지 않으려고 해요."

앤은 밝은 얼굴로 말했습니다.

"넌 참 알 수 없는 애다. 이참에 네 얘기를 좀 해 보렴."

마릴라는 앤에 대해 궁금해졌습니다.

"제 얘기는 별로 재미없어요. 그보다 제가 상상 한 이야기를 해 드릴게요."

"아니다. 네 이야기를 듣고 싶어. 넌 어디에서 태어났고 몇 살이지?"

앤은 한숨을 포옥 내쉬었습니다.

"저는 노바스코샤 볼링브로크에서 태어났고 열 한 살이에요. 엄마, 아빠는 다 고등학교 선생님이 셨는데 제가 태어나고 석 달 만에 엄마가 열병으 로 돌아가시고, 나흘 뒤에 아빠도 돌아가셨대요. 그래서 전 고아가 되었지요. 집안일을 도와주던 가난한 토머스 아주머니가 저를 여덟 살까지 키워 주셨어요. 아주머니네는 가난했고 아저씨는 술주정뱅이였어요. 저는 좀 자라서는 그 집 아이들 네 명을 돌봐야 했어요. 그런데 제가 여덟 살 때 아저씨가 돌아가셨어요. 그래서 마을 위쪽에 사는 헤먼드 아주머니가 절 데려갔어요. 그 집은 아이들이 여덟 명이었는데, 제가 아이를 잘 돌본다는 이야기를 듣고 결정한 거래요. 그런데 이 년 후에 제재소를 하던 아저씨가 돌아가시자, 저는

다시 살 곳이 없어졌어요. 그래서 고아원에서 스펜서 아주머니가 오기 전까지 네 달을 살았어요."

앤은 별로 하고 싶지 않은 이야기를 한 듯이 시무룩한 표정이었습니다.

"학교는 다녔니?"

"얼마 못 다녔어요. 계속 다닐 형편이 못 됐어요. 하지만 전 책도 잘 읽고, 시도 많이 외울 수 있어요."

"그렇구나. 전에 살던 집에서는 네게 잘해 주었니?"

앤은 바로 대답을 하지 못하고 얼굴이 빨개졌습니다.

"그, 그럼요. 저에게 잘해 주려고 했어요. 전 잘해 주려고 했다고 믿어요."

마릴라는 앤이 가엾다는 생각이 들었습니다.

'쯧쯧, 어린 것이 얼마나 눈칫밥을 먹었을까? 그러다 살 집이 생겼다고 무척 좋아했을 텐데……. 어려운 환경에도 잘 자란 것 같아.'

마릴라는 앤에 대한 생각으로 머리가 복잡해졌습니다.

어느새 마차는 스펜서 부인 집에 도착했습니다.

"무슨 일인가요? 이렇게 둘이 같이 오다니요."

스펜서 부인이 놀라서 물었습니다.

"무슨 착오가 생긴 것 같아서요. 매슈 오라버니와 저는 남자아이를 부탁했거든요."

마릴라가 사정을 말했습니다.

"어머, 어쩌죠? 그럼 저 아이는 고아원으로 돌려보낼 건가요?"

"중요한 일을 직접 하지 않고 부탁한 잘못이 크지요. 지금이라도 매슈 오라버니의 일을 도울 수 있는 남자아이를 데려오면 좋겠어요."

마릴라가 말했습니다.

"아, 마침 잘 됐어요. 어제 피티 블루엣 부인이
와서 집안일을 할 여자아이를 구한다고 말했거든
요. 앤이 가면 될 것 같은데요."

스펜서 부인은 앤을 고아원으로 보내지 않을 방
법을 생각해 낸 것을 기뻐했습니다. 하지만 마릴
라는 블루엣 부인이라는 말에 달갑지 않았습니
다. 블루엣 부인은 까다롭고 신경질을 많이 부리
며, 일하는 사람에게 지독하게 일을 많이 시킨다
는 말을 들었기 때문입니다.

"저기 블루엣 부인이 오네요."

스펜서 부인은 모두를 집 안으로 들어오게 했습
니다.

"부인, 이 아이는 어떤가요?"

스펜서 부인이 앤을 가리켰습니다.
블루엣 부인은 앤을 훑어보더니
물었습니다.

"이름은 무엇이고, 나이는
몇 살이니?"

앤은 마릴라에게 했던 것처럼
자신의 이름에 대해 발랄
하게 말하지 못하고 잔뜩
주눅이 든 표정으로 말했
습니다.

"앤 셜리요, 열한 살이에요."

"넌 밥도 안 먹었니? 목소리가 기어들어 가는구
나. 그래도 일은 잘하게 생겼다. 스펜서 부인, 우
리 아기가 얼마나 보채는지 저는 정말 녹초가 되
겠어요. 괜찮다면 이 아이를 당장 데려가겠어요."

블루엣 부인이 선뜻 나섰습니다. 상상력이 풍부하고 이야기하기를 좋아하던 앤의 얼굴이 창백해졌습니다. 마릴라는 앤이 안쓰러워 견딜 수가 없었습니다.

"블루엣 부인, 전 일이 어떻게 된 건지 물어보러 온 거예요. 매슈 오라버니는 이 아이와 함께 살기를 원하고요. 돌아가서 오라버니와 상의한 다음 연락드릴게요. 연락이 없으면 우리와 사는 줄 아세요."

"그러세요."

블루엣 부인이 시큰둥하게 대답했습니다.

마릴라는 급히 앤의 손을 잡고 밖으로 나왔습니다. 앤의 얼굴이 다시 환해졌습니다.

"아주머니, 제가 초록지붕집에서 살아도 되는 건가요, 그런가요? 와, 신난다!"

앤은 좋아서 팔짝팔짝 뛰었습니다.

"그 아주머니는 인상이 별로였어요. 성격도 뾰족한 것 같고요. 그 아주머니를 따라가느니 차라리 고아원에 가는 게 낫다는 생각이 들었어요."

"어허, 어른을 함부로 평가하면 안 된다. 아직 결정된 건 아니고 집에 가 봐야 알아."

"네, 알겠어요. 초록지붕집에서 살 수만 있다면 하라는 대로 하겠어요."

앤이 진심으로 말했습니다.

마릴라는 집으로 돌아와 매슈에게 스펜서 부인 집에서 있었던 일을 말했습니다.

"잘했다. 그 부인에게는 강아지 한 마리도 주고 싶지 않아."

"그래서 데려온 거예요. 아이를 키워 보지 않아서 걱정이지만 잘해 볼 거예요."

"이제야 너도 저 애가 괜찮은 아이란 걸 알았구나."

매슈가 기분 좋게 말했습니다.

"하지만 앤 일은 제가 알아서 해요. 오라버니가 이래라저래라 하지 않는다고 약속해요."

"알았다, 알았어."

매슈가 흔쾌히 대답했습니다.

다음 날, 앤은 점심때까지 마릴라가 아무 말을 하지 않자, 궁금해서 견딜 수가 없었습니다.

"아주머니, 이제 말씀해 주세요. 네?"

"그래, 우린 너랑 같이 살기로 했다. 항상 감사하는 마음으로 살았으면 한다."

앤은 갑자기 고개를 떨어뜨렸습니다.

"앤, 왜 그러니?"

"기뻐서 눈물이 나요. 아니, 행복해서 눈물이 나요. 정말 착한 아이가 되도록 노력할게요."

"진정하렴. 우린 널 잘 키우려고 애쓸 거야. 9월에는 학교에도 가야 하고."

"네, 정말 신나는 일이에요. 전 단짝도 만나고 싶어요."

"단짝이라고?"

"네, 우정을 오래도록 나눌 수 있는 그런 친구 말예요."

앤이 들떠서 말했습니다.

"저기 비탈진 곳에 있는 과수원집에 네 또래가 있을 거야, 다이애나 배리라고. 그 애 어머니인 배리 부인은 성격이 까다로우니 행동을 조심해야 해."

"다이애나는 어떻게 생겼어요? 저처럼 빨간 머리카락은 아니죠?"

"다이애나는 무척 예뻐. 무엇보다 착하고 예의가 바르단다. 그게 중요하지."

"저는 다이애나와 좋은 친구가 되었으면 좋겠어요."

앤은 가슴에 손을 얹고 간절하게 말했습니다.

Anne of Green Gables

빨간 머리 앤

빨간 머리는 싫어

앤은 초록지붕집에서의 하루하루가 참 즐거웠습니다. 벚나무와 사과나무들을 둘러보고 과수원 아래에 있는 숲속의 오솔길도 발견했습니다.

그러던 어느 날, 앤이 과수원에서 놀고 있을 때 린드 부인이 초록지붕집으로 왔습니다.

"오, 마릴라. 그 아이가 여기 산다면서요? 남자

아이를 데려온다더니 어찌 된 건가요?"

"저도 생각하지 못한 일이라서 놀랐어요. 하지만 잘한 것 같아요. 그 아이가 있으니 집안 분위기가 달라졌는걸요."

"이런, 그렇다고 해도 아이를 맡아 기르는 건 책임이 따르는 일이에요."

"무슨 말씀인지 알겠어요. 아이를 키워 보지 않아서 염려하는 건 알겠지만, 너무 걱정 마세요. 전 결정하기 전에 많이 고민하고, 결정한 뒤에는 마음이 잘 흔들리지 않는답니다."

그때 마침 앤이 과수원에서 집으로 들어왔습니다.

"아주머니, 다녀왔습니다."

인사를 하며 뛰어들던 앤이 낯선 손님을 보고 문 앞에서 머뭇거렸습니다. 고아원에서 입고 온

낡고 꼭 끼는 원피스를 입고, 바람에 헝클어진 머리카락이 더 빨갛게 보였습니다.

"아휴, 얼굴에 주근깨 좀 봐. 머리는 왜 그리 홍당무처럼 붉으냐? 내가 보기에 아주머니는 네가 예뻐서 이 집에 들인 건 아닌 것 같다."

린드 부인이 말했습니다. 앤은 울상이 되어 린드 부인에게 다가가 발을 구르며 소리쳤습니다.

"아주머니, 처음 보는 저에게 어떻게 그런 말을 하실 수 있어요?"

"앤!"

마릴라가 앤에게 눈치를 주었습니다. 그러나 소용이 없었습니다.

"제가 아주머니에게 뚱뚱하고 미련하다고 말하면 좋으시겠어요? 아주머니처럼 함부로 말하는 사람은 정말 싫어요."

앤은 고개를 빳빳이 들고 또박또박 말했습니다.

"쟤, 쟤 좀 봐. 지금 뭐라고 하는 거냐?"

린드 부인이 놀라 입을 다물지 못했습니다.

"앤, 네 방으로 올라가 꼼짝 말고 있어라. 어서!"

마릴라가 엄하게 말하자 앤은 울면서 이층으로 올라갔습니다.

"마릴라, 저런 애를 키우려는 건가요? 난 도무지 이해가 안 가는군요."

린드 부인이 정신을 가다듬고 말했습니다. 마릴라는 어떻게 사과의 말을 할지 잠시 망설였습니다. 그러나 정작 생각과는 다르게 말이 나왔습니다.

"린드 부인, 외모를 가지고 평가하면 누구나 기분 나쁘지요. 앤은 자신이 빨간 머리카락를 가졌다는 걸 무척 싫어한답니다. 그러니 화가 나지요."

"뭐예요? 지금 저 아이 하는 행동을 보고도 그런 말을 하는 건가요?"

"앤이 잘했다는 게 아니고, 부인께서 너무 심했다는 말을 하는 거예요."

린드 부인은 화가 나서 벌떡 일어났습니다.

"알았어요. 앞으로 조심하죠. 부모가 어떤 사람인 줄도 모르는 고아를 키우려면 힘든 일이 많을 거예요. 머리카락 색깔만큼 성질까지 고약하니 원……."

린드 부인은 뒤도 안 돌아보고 휑하니 나갔습니다.

마릴라는 앤에게 따끔하게 벌을 주어야겠다고 생각하며 이층으로 올라갔습니다. 앤은 침대에 엎드려 울고 있었습니다.

"앤, 일어나라. 얘기 좀 하자."

앤은 여전히 흐느꼈습
니다.

"앤, 못 들었니? 어서
일어나 앉으래도."

그제야 앤은 마지못해
일어나 앉았습니다.

"뭘 잘했다고 울고 그러니?"

"그 아주머니가 저를 못생겼다고, 그리고 빨간 머리라고 말했잖아요. 어떻게 앞에 놓고 그렇게 말할 수 있어요?"

"너도 잘한 게 없다. 아무리 화난다 해도 어른 앞에서 그렇게 소리치면 어떡하니? 민망해서 혼

났다. 그리고 너 스스로 빨간 머리라고 말하면서 뭘 그렇게 예민하게 반응하니?"

"아주머니, 그건 제가 말할 때고요. 다른 사람이 제 머리카락에 대해 말하면 엄청나게 화가 난다고요. 아주머니는 누가 생김새에 대해 말하면 좋으시겠어요?"

앤이 퉁명스럽게 말했습니다.

"네 마음은 이해해. 그래도 예의 바르게 행동해야 했어. 그렇게 성격을 있는 대로 드러내면 어쩌니?"

마릴라는 앤에게 말하면서 어린 시절 마음의 상처를 받은 일이 되살아났습니다. 숙모가 사람들 앞에서 자신을 까맣고 못생겼다고 말한 것입니다. 그 상처는 아주 오래갔습니다.

"앤, 린드 부인이 잘했다는 건 아니다. 그렇지만

어른 앞에서 무례하게 행동한 건 잘못이니 정중하게 사과하도록 하렴."

"전 그렇게 할 수 없어요. 아주머니께서 어떤 벌을 내린다 해도 달게 받겠어요. 린드 아주머니께는 절대로 용서를 빌지 않겠어요."

"고집부리는 건 바른 행동이 아니다. 용서를 빌겠다는 마음이 들 때까지 네 방에서 나오지 마라."

마릴라는 착잡한 마음으로 방을 나왔습니다.

저녁 시간이 되어 매슈가 식탁에 앉았습니다.

"앤이 안 보이는군."

"오라버니, 머리가 지끈거리네요."

마릴라는 낮에 있었던 일을 말해 주었습니다.

"참, 린드 부인은 남의 일에 참견하기를 너무 좋아해. 그런 말을 대놓고 하다니! 앤이 무례하게 행동한 건 벌을 받아야 하지만, 너무 심하게 하지 마

라. 제대로 가정교육을 받을 기회가 없었잖니. 앞으로 잘 가르치며 키워 가야지."

매슈의 말을 들은 마릴라가 음식을 가지고 앤의 방으로 갔습니다. 하지만 앤은 음식에 손도 대지 않았습니다.

다음 날 아침에도 앤은 식탁으로 내려오지 않았습니다. 아침 식사 시간은 너무나 고요했습니다. 마릴라가 젖소를 데려오려고 밖으로 나간 사이, 매슈는 이층으로 올라갔습니다.

"앤, 잠시 들어가도 되겠니? 마릴라에게 들었다. 앤, 그만 사과하고 이 일을 매듭짓는 게 좋지 않을까. 내 생각은 그런데 넌 어떠냐?"

"아저씨, 제가 그러기를 원하시나요? 그렇다면 그렇게 할게요. 어제는 너무 화가 나서 전혀 미안하지 않았는데, 오늘은 미안한 생각이 들어요."

"그래, 그러기로 하고 아래층으로 내려와라. 네가 없으니 집이 텅 빈 것 같구나."

"네."

매슈는 마릴라가 돌아오기 전에 방에서 나왔습니다. 앤의 일에 간섭한다는 말을 듣고 싶지 않았기 때문입니다.

"아주머니!"

마릴라가 현관에 들어서자, 앤이 달려왔습니다.

"제가 어른한테 함부로 행동한 것, 정말 잘못했어요. 린드 아주머니께 사과드리겠어요."

"잘 생각했다."

마릴라는 앤을 데리고 린드 부인 집으로 갔습니다. 마릴라는 앤이 린드 부인 앞에서 사과의 말을 잘할 수 있을지 걱정되었습니다. 하지만 앤은 린드 부인 앞에 서자, 진심으로 뉘우치는 모습으로 무릎을 꿇고 말했습니다.

"아주머니, 잘못했어요. 그렇게 버릇없이 굴면 안 되는 거 알면서도 화를 참지 못해서 죄송해요. 아주머니가 하신 말씀은 다 사실이에요. 저는 주근깨투성이에 빨간 머리카락을 가졌고, 빼빼 마르고 못생겼어요. 그런데 사실을 말해 주는 아주머니를 화나게 하고 매슈 아저씨와 마릴라 아주머니도 실망시켰어요. 아주머니께서 제 잘못을 용서해 주시지 않으면 전 오래도록 슬플 거예요. 제발 용서해 주세요."

앤은 사과의 말을 하고는 고개를 숙였습니다. 앤의 말을 들은 린드 부인은 마음이 누그러져서 말했습니다.

"앤, 일어나라. 물론 용서해 주고말고. 내가 너무 솔직하게 말한 탓도 있다. 그리고 네 머리카락

에 대해 너무 실망하지 마라. 어릴 때 너처럼 빨간 머리카락이었던 여자애가 있는데, 자라서는 보기 좋은 다갈색으로 바뀌었단다. 너도 그렇게 될 거다."

앤은 벌떡 일어나며 말했습니다.

"정말이에요? 아주머니께서 제게 희망을 주셨어요. 제 머리카락도 그렇게 된다면 무척 행복할 거예요."

앤은 마릴라와 린드 부인이 이야기를 나누는 동안 정원에서 기다렸습니다.

"참 별난 아이로군요. 억지로 시켜서 하는 것처럼 느껴지지만, 누구를 속이거나 그럴 아이는 아닌 것 같아요. 욱하는 성격도 잘만 가르치면 좋아질 거고요. 저 아이가 잘 자랄 거라는 생각이 드는군요."

마릴라는 린드 부인의 말을 듣고 마음이 놓였습니다.

집으로 돌아오는 길에 앤이 말했습니다.

"아주머니, 저 잘했지요? 이왕 할 거면 진심에서 우러나오듯이 울먹이며 하는 게 낫다고 생각했어요. 그런데 정말 빨간 머리카락이 다갈색으로 변할 수 있는 건가요?"

"앤, 겉모습에 너무 신경 쓰지 마라. 사람은 어떤 마음을 품고 있는가가 중요하단다. 행동이 훌륭한 사람은 용모도 아름답다는 속담이 있잖니. 그리고 이제부터 화난다고 성질을 다 부리면 안 돼. 참는 것도 배워야 해."

마릴라가 말했습니다.

"네, 그럴게요. 착하게 지내도록 할게요. 아! 돌아갈 집이 있다는 게 너무나 좋아요."

앤이 명랑하게 대답했습니다.

마릴라와 앤은 살랑 바람을 맞으며 집으로 돌아왔습니다.

Anne of Green Gables

빨간 머리 앤

단짝 친구 다이애나

마릴라가 천을 끊어 왔습니다. 그리고 앤의 몸에 맞게 원피스를 만들었습니다. 원피스는 주름이나 장식이 없는 단순한 모양이었습니다.

"앤, 다 만들었다. 마음에 드니?"

"그냥 입을 만한 것 같은데요."

앤은 무덤덤하게 말했습니다.

"무슨 대답이 그러니? 옷이 단정하면 됐지, 뭐가 문제니?"

"예쁘지 않잖아요. 전 어깨 부분이 봉긋하게 부푼 소매가 있는 옷을 입고 싶어요. 그게 요즘 유행이거든요."

"옷은 입어서 편하면 되지, 난 유행 따라 옷을 만들어 줄 마음이 없다."

마릴라는 까다롭게 구는 앤에게 은근히 화가 나서 아래층으로 내려왔습니다.

앤은 세 벌의 옷을 바라보며 한숨을 폭 내쉬었습니다.

"휴우, 한 벌 정도는 어깨 부분이 봉긋하게 부푼 소매가 달렸다고 상상해야지."

앤은 예쁘게 보이는 원피스를 입고 싶은 마음이 간절해서 그렇게 마음먹었습니다.

앤이 아래층으로 내려오자 마릴라가 말했습니
다.

"앤, 그동안 친척집에 가 있던 다이애나 배리가
돌아왔단다. 치마 본을 빌리러 가려고 하는데 같
이 가자꾸나."

앤은 나는 듯이 달려가 마릴라의 손을 잡았습니
다.

"아주머니, 드디어 다이애나를 만나게 되는군요. 그런데 다이애나가 절 좋아할까요? 제 친구가 되어 줄까요?"

"걱정 말아라. 정작 걱정해야 할 사람은 다이애나의 어머니, 배리 부인이란다. 배리 부인에게 예의를 갖춰 행동해라. 괜한 행동으로 놀라게 하지 말고."

앤은 너무나 긴장이 되어 몸이 떨렸습니다.

"단짝 친구를 상상하는 것만으로도 기쁜데, 만나러 간다니 꿈만 같아요."

앤의 목소리마저 떨렸습니다.

마릴라와 앤은 시냇물을 건너고 전나무 언덕을 올라가 지름길로 과수원 언덕에 있는 다이애나 집에 도착했습니다. 배리 부인은 신념이 확고한 사람처럼 보였습니다.

"어서 오세요, 마릴라. 이 아이가 같이 살게 된 아이인가요?"

"네, 앤 셜리랍니다."

배리 부인은 마릴라와 앤을 반겨 주었습니다. 소파에서 책을 보고 있던 다이애나가 책을 내려 놓고 일어섰습니다.

"다이애나, 너랑 동갑내기 친구란다. 서로 인사 해라."

배리 부인이 다이애나를 불렀습니다. 앤은 가슴 이 설레어 겨우 인사를 했습니다.

그러고 나서 앤과 다이애나는 뜰로 나왔습니다. 둘은 잠시 멋쩍은 얼굴로 바라보기만 했습니다. 그러다 앤이 먼저 말을 했습니다.

"다이애나, 만나서 반가워. 난 너랑 단짝이 되 고 싶어. 그래서 말인데, 내 친구가 되어 줄 수 있

니?"

다이애나가 빙그
레 웃으며 말했
습니다.

"너에 대해
들었어. 네가
초록지붕집에서

살게 되어 좋아."

"정말이니? 그럼 나와 단짝이 되는 거다."

"좋아!"

"그럼 맹세를 해야 해."

"맹세, 어떻게 하는 건데?"

다이애나는 앤의 말이 흥미로운지 눈을 반짝였
습니다.

"원래 맹세란 서로 손을 맞잡고 흐르는 물에서

해야 하지만, 오늘은 여기가 시냇물이라고 생각하자. 나는 단짝 친구인 다이애나에게 영원히 우정을 지킬 것을 해와 달을 두고 맹세한다. 자, 이번에는 네 차례야."

다이애나도 앤이 한 대로 따라 했습니다. 그리고 재미있어 까르르 웃었습니다.

"앤, 듣던 대로 넌 정말 특별하구나. 너랑 좋은 친구가 될 것 같아."

앤은 다이애나의 말에 기분이 좋아서 싱글벙글 웃음을 머금었습니다.

집으로 돌아오는 길에도 앤은 다이애나와 어깨동무를 하고 통나무 다리까지 함께 갔습니다.

"우리 내일 시냇가에서 만나서 놀자."

둘은 약속을 하고 헤어졌습니다.

"앤, 다이애나를 만나 보니 어땠니, 마음에 드

니?"

"물론이죠. 우린 단짝 친구가 되기로 맹세했어
요."

"맹세까지 했단 말이니?"

"네, 아주머니. 다이애나가 제게 책을 빌려주고
노래도 가르쳐 준다고 했어요."

"잘됐구나. 하지만 친구가 생겼다고 해서 계속
놀기만 하면 안 된다."

마릴라가 주의를 주었습니다.

"네, 알고 있어요."

앤의 얼굴에는 행복이 가득했습니다.

Anne of Green Gables

빨간 머리 앤

사라진 자수정 브로치

마릴라는 바느질을 하다가 시계를 올려다보았습니다.

'앤은 다이애나와 노는 데 온통 정신이 팔렸어.'

앤은 그로부터 삼십 분이 지나서야 돌아왔습니다. 그러고는 장작을 패는 매슈 옆에 쪼그리고 앉아 이야기에 열중하고 있었습니다.

"앤, 당장 들어오지 못하겠니."

마릴라가 창을 두드리며 말했습니다. 앤은 마릴라를 보자 발딱 일어나 달려왔습니다.

"아주머니, 아주머니!"

"앤, 늦게 들어온 것도 모자라 호들갑을 떠니?"

"다음 주에 교회 주일학교에서 소풍을 간대요. 주일학교 선생님과 린드 아주머니께서 아이스크림을 만들어 주신대요. 저도 가도 되지요?"

앤이 들떠서 물었습니다.

"내가 몇 시에 들어오라고 했지? 왜 시간을 지키지 않니?"

"죄송해요. 다이애나와 놀다 보니 시간이 금방 지나가 버렸어요. 참, 아주머니. 다이애나 말이 소풍 때 바구니에 먹을 것을 담아 간대요. 저도 소풍 바구니를 가지고 갈 수 있나요?"

"너도 주일학교를 다니니까 당연히 소풍을 가야지. 과자를 구워 주마. 다음부터는 제시간에 들어오도록 해."

"네, 그럴게요. 야호, 아주머니, 감사해요."

앤은 마릴라에게 달려들어 볼에 뽀뽀를 했습니다.

"얘가, 얘가 지금 뭐 하는 거니?"

마릴라는 무뚝뚝하게 말했지만 싫지는 않았습니다. 앤은 잔뜩 들떠서 일주일을 보냈습니다.

소풍 가기 전 월요일 오후가 되었습니다. 마릴라는 고개를 갸웃하며 방에서 나왔습니다.

앤은 식탁에서 콩깍지를 까며 다이애나에게 배운 노래를 흥얼흥얼 부르고 있었습니다.

"앤, 혹시 내 자수정 브로치 못 봤니? 어제 교회 갈 때 하고 갔다 와서 바늘꽂이에 꽂아 놓았는데."

"아, 그거요. 네, 봤어요. 방문 앞으로 지나가다가 보여서 들어가 자세히 봤어요."

"그걸 만졌니?"

"네, 예뻐서 가슴에 달아 보았어요."

"앤, 다른 사람 물건을 함부로 만지면 안 된단
다. 그 브로치를 어디에 두었니?"

"당연히 제자리에 두었지요. 잠깐 달고 있었거
든요."

"브로치가 제자리에 없는 걸 보면, 넌 제자리에
두지 않았어."

마릴라가 단정적으로 말했습니다.

"전 틀림없이 제자리에 놓았어요. 브로치를 하
고 밖으로 나오지 않은걸요."

앤은 당황스러워 어쩔 줄 몰랐습니다.

"아무렇지 않게 거짓말까지 하는구나. 진실을
말할 생각이 들 때까지 네 방에 들어가 있어라."

"아주머니, 믿어 주세요. 전 정말 억울해요."

"어서!"

앤은 풀이 죽어 이층 방으로 올라갔습니다.

'거짓말을 하는 건 용납할 수 없어. 거짓말을 하고도 저렇게 태연하다니!'

마릴라는 앤의 행동을 생각할수록 화가 났습니다. 그리고 혹시 하는 마음에 다시 방에 들어가 찾아 보았지만 브로치는 나타나지 않았습니다.

다음 날, 마릴라는 매슈에게 사라진 브로치에 대해 말했습니다. 매슈는 앤이 그랬을 리 없다고 생각하면서도 누명을 벗을 방법이 없다는 생각에 앤이 안쓰러웠습니다.

마릴라는 이층으로 올라가 다시 앤에게 물어보았습니다.

"몇 번을 말씀드려야 해요. 전 절대로 브로치를 가지고 밖으로 나오지 않았단 말예요."

앤은 눈이 퉁퉁 부어 있었습니다.

"사실을 털어놓을 때까지 이 방에서 나오지 못

하게 할 테니 그리 알아라."

마릴라가 엄하게 말했습니다.

"아주머니, 내일은 소풍 가는 날이에요.
소풍을 가도 좋다고 하셨잖아요. 과자를
구워 소풍 바구니에 담아 준다고 하셨잖
아요."

앤은 울먹이며 말했습니다.

"이 상황에서 소풍 이야기가 나오니?"

마릴라는 냉정하게 말하고 아래층으로 내려왔습니다.

마릴라는 앤을 잘 키우기 위해서라도 남의 물건에 함부로 손을 대거나 거짓말하는 버릇은 단단히 고쳐 줘야겠다고 생각했습니다.

다음 날은 날씨가 아주 화창했습니다. 하지만 앤의 기분은 날씨처럼 좋을 수 없었습니다. 아주머니가 생각하는 대로 고백하지 않으면 소풍을 갈 수 없기 때문입니다.

마릴라가 식사를 가지고 앤의 방으로 갔습니다. 앤의 얼굴은 그 사이에 많이 해쓱해지고 창백해졌습니다.

"저, 아주머니……."

앤이 어렵게 입을 열었습니다.

"말해 봐라."

마릴라가 앤의 표정을 살폈습니다.

"아주머니 말씀대로 제가 브로치를 가지고 나온 게 맞아요. 너무나 예뻐서 제자리에 놓을 수 없었거든요. 그런데 반짝이는 호수를 지날 때, 그만 호수에 빠뜨리고 말았어요."

마릴라는 앤의 말에 무척 화가 났습니다.

"앤, 그런데도 어떻게 감쪽같이 시치미를 뗄 수 있니? 도무지 널 용서할 수가 없구나. 소풍에도 보낼 수 없다. 그게 벌이야."

앤이 놀라 자리에서 일어났습니다.

"아주머니, 소풍을 가도 좋다고 말씀하셨잖아요. 소풍을 가게 해 주세요. 저도 아이스크림을 먹고 싶단 말예요. 이번에 안 가면 다시는 그런 기회

가 오지 않을 거예요. 네?"

"아무리 보채도 소용없어. 집에서 네 잘못을 반성하며 지내도록 해라."

앤은 절망스러워 침대에 엎드려 울었습니다. 마릴라는 방에서 나오며 고개를 설레설레 저었습니다.

'그런 일을 저지르고도 소풍 타령을 하다니, 린드 부인 말대로 키우기 힘든 아이야.'

마릴라는 앤에 대해 실망스런 마음을 떨치기 위해 열심히 집안일을 했습니다.

"앤, 점심시간이다."

마릴라가 이층을 향해 소리쳤습니다.

"전 슬퍼서 밥이 목에 안 넘어갈 것 같아요. 아주머니 때문에 너무나 슬퍼요. 아주머니는 분명

히 미안한 마음이 들게 될 거예요."

앤이 대답했습니다. 마릴라는 앤의 행동이 고약해서 더 권하지 않았습니다.

앤이 없는 식탁은 너무나 적막했습니다. 마릴라는 설거지를 끝낸 뒤 하나밖에 없는 숄이 조금 찢어진 것이 생각났습니다. 일요일 오후 봉사회에 갔다 와서 벗을 때 봤는데 아직 꿰매지 않았던 것입니다.

마릴라는 숄을 담았던 상자를 꺼냈습니다. 그런 뒤에 숄을 들다가 깜짝 놀랐습니다. 숄에 브로치가 달려 있었기 때문입니다.

"어머나, 이게 어찌 된 일이야?"

마릴라는 머리를 어딘가에 세게 부딪친 것 같았습니다.

"숄을 벗어서 잠깐 장롱 위에 두었는데, 그때 브

로치가 걸렸나 봐. 이 일을 어쩌면 좋아."

마릴라는 브로치를 들고 앤의 방으로 갔습니다.
앤은 어깨가 축 처져서 창밖을 보고 있었습니다.

"앤, 브로치를 찾았다. 그런데 왜 네가 그랬다고
거짓말을 했니?"

"그래요? 정말 다행이에요. 아주머니께서 고백
을 하지 않으면 이 방에 가두겠다고 하셨잖아요.
전 거짓말을 해서라도 소풍을 꼭 가고 싶었어요.

그래서 밤새 어떻게 고백할까 고민했어요. 하지
만 결국 소풍을 갈 수 없게 되었어요."

마릴라는 기가 막혀 웃음이 나오려 했지만, 한
편으로 앤의 마음고생이 느껴져 미안했습니다.

"앤, 어떻게 그런 일을 만들어서 이야기할 수 있
니? 하지 않은 일을 꾸며서 말하는 건 거짓말을
하는 것만큼 나쁜 일이야. 그렇지만 이 일은 내 잘
못이 크니까, 네가 날 용서해 준다면 나도 널 용서
해 주마. 어서 소풍 갈 준비를 해야지."

"정말요? 늦지 않았나요?"

앤은 얼굴이 활짝 펴지며 소리쳤습니다.

"아직 시간이 있어. 서두르면 같이 갈 수 있단
다."

"아주머니, 조금 전까지 제 마음은 지옥을 오락
가락했는데 지금은 천사보다 더 행복해요. 고마

워요."

앤은 소풍을 갈 수 있다는 사실에 그동안 우울했던 마음을 털어 내고 마냥 행복해했습니다.

Anne of Green Gables

빨간 머리 앤

학교생활

9월이 되자, 마릴라는 앤을 에이번리 학교에 보냈습니다. 앤은 다이애나와 함께 학교를 다녔습니다. 마릴라는 앤이 학교에서 유별난 행동을 할까 봐 걱정했지만, 우려와 달리 앤은 활기차게 생활했습니다.

"학교생활이 이렇게 재미있는지 몰랐어요. 친구

도 많고요, 놀이도 재미있어요."

앤은 학교에 갔다 오면 마릴라에게 학교에서 있었던 일을 말하기 바빴습니다.

그러던 어느 날, 다이애나는 길버트에 대해 말해 주었습니다. 길버트는 여름 동안 뉴브랜드에 있는 친척집에 있다가 돌아왔는데, 아주 잘생겼고 공부도 항상 일등이지만 여자애들을 잘 놀린다고 했습니다.

"앤, 뒤를 돌아봐. 길버트야."

다이애나가 속삭였습니다. 길버트는 다이애나 말처럼 잘생겼지만 입가에 도도한 웃음을 띠고

있었습니다. 길버트는 수업에 집중하지 않았습니다. 그 대신 핀으로 앞에 앉은 여자아이 머리카락을 의자 등받이에 고정시키느라 애쓰고 있었습니다.

오후가 되자 길버트의 장난기가 앤에게 뻗쳤습니다. 필립스 선생님이 다른 아이들을 신경 쓰는 동안 앤은 턱을 괴고 창밖을 내다보고 있었습니다. 길버트는 자신에게 전혀 관심이 없는 앤을 골려 주고 싶었습니다. 그래서 슬그머니 앤의 머리카락을 잡아당기며 속삭였습니다.

"빨간 머리, 홍당무야!"

그 순간 앤은 화가 나서 몸을 떨며 자리에서 일어섰습니다. 그리고 길버트에게 다가갔습니다.

"이 엉터리 못난 놈아!"

앤은 소리치며 석판으로 길버트의 머리를 내리쳤습니다. 석판은 두 동강이 났습니다.

순식간에 벌어진 일이었습니다.

"으악!"

아이들이 놀라 소리를 질렀습니다. 지켜보고 있던 필립스 선생님이 성큼성큼 다가왔습니다. 그리고 앤의 어깨를 꽉 누르며 말했습니다.

"앤 셜리, 지금 무슨 짓을 한 거니? 석판으로 친구 머리를 치다니! 도대체 왜 그랬니?"

필립스 선생님은 앤의 행동이 궁금해서 물었지만 앤은 눈물만 뚝뚝 흘렸습니다. 아이들이 있는 데서 홍당무라고 놀림을 받아 자존심을 상한 것이 분해서 견딜 수 없었습니다.

그때 길버트가 자리에서 일어났습니다.

"선생님, 앤 잘못이 아니에요. 제가 놀려서 화가 난 거예요."

"아무리 화가 난다고 해도 석판으로 친구 머리를 내리치다니, 벌을 받아야 한다. 수업이 끝날 때까지 칠판을 향해 서 있어라."

선생님은 앤 셜리가 성질이 못되어서 화를 누르는 법을 배워야 한다고 칠판에 써서, 다른 학생들에게 앤이 벌을 받는 이유를 알렸습니다.

수업이 끝나자 길버트가 앤 곁으로 왔습니다.

"아까는 미안했어."

하지만 앤은 길버트의 말을 무시하고 교실을 나왔습니다.

그런데 며칠 뒤 점심시간에 또 앤이 깊은 상처를 받는 일이 벌어졌습니다.

에이번리 학교 주위에는 가문비나무 숲이 우거져 있었습니다. 그래서 아이들은 점심시간이 되면 그곳에서 놀다 왔습니다.

"앞으로 수업 시간에 늦게 들어오면 벌을 주겠다."

선생님은 아이들에게 경고를 했습니다. 그렇지만 아이들은 여전히 점심시간이 되면 가문비나무 숲으로 달려갔습니다. 앤도 가문비나무 숲으로 가서 시간 가는 줄 모르고 있었습니다. 앤이 교실에 들어왔을 때 막 수업을 시작하려는 중이었습니다.

"앤 셜리, 늦지 말라고 말했을 텐데."

선생님은 본보기로 단단히 혼을 내야겠다고 생각했습니다.

"벌로 길버트 옆에 가서 앉아라."

필립스 선생님이 말했습니다.

남자아이들이 재미있다는 듯이 키득키득 웃었습니다. 다들 여자애는 여자애끼리 앉고 남자애는 남자애끼리 앉았는데, 앤만 길버트 옆에 앉으라고 하니 앤은 자존심이 상했습니다.

"어서 가서 앉아라."

앤은 선생님이 창피를 주려고 한다고 생각했습니다. 그래서 수업이 끝나고 집으로 돌아가는 내내 아무 말도 없었습니다.

"앤, 괜찮니?"

다이애나가 물었습니다.

"나, 이제 학교 안 다닐 거야. 학교에 다닐 필요가 없어졌어."

"그걸 말이라고 하니? 학생은 학교에 다녀야 하는 거야."

다이애나가 말렸지만 앤의 마음은 움직이지 않

았습니다.

앤은 마릴라에게도 학교에 가지 않겠다고 말했습니다. 학교를 꼭 다녀야 한다고 설득을 해도 앤의 마음은 변함이 없었습니다.

"마릴라, 앤이 스스로 가겠다고 할 때까지 조금 기다려 주는 게 좋겠어. 얼마나 마음에 상처를 받았으면 저럴까?"

매슈가 말했습니다.

앤은 매슈가 이해해 준 덕에 학교에 가지 않고 집에서 공부할 수 있었습니다. 다이애나가 학교를 마치고 집에 오면 같이 놀았습니다.

어느새 알록달록 단풍이 들기 시작했습니다.

화창한 어느 날, 마릴라가 앤을 불렀습니다.

"앤, 후원회 모임에 갔다 와야 하니까 네가 저녁을 준비해야겠다. 다이애나를 초대해서 차를 마셔도 좋고, 버찌 설탕 절임을 먹어도 괜찮다. 과일이나 케이크를 먹어도 좋아. 참, 찬장 두 번째 칸에 딸기 주스가 있으니 마시도록 해라."

"정말 그래도 되나요?"

앤은 당장 다이애나에게 달려가 저녁에 오라고 초대를 했습니다. 다이애나도 기뻐했습니다.

앤은 마릴라가 마차를 타고 떠나자 부지런히 다이애나를 맞을 준비를 했습니다. 다이애나는 이브닝 드레스를 입고 왔습니다. 앤도 옷을 차려입고 다이애나를 맞이했습니다.

"다이애나 양, 이렇게 와 주셔서 감사합니다. 부모님들 모두 잘 계시지요?"

"물론이지요. 초대해 주셔서 고맙습니다."

앤과 다이애나는 어른들처럼 예의를 갖춰 인사를 하고는 재미있어 까르르 웃었습니다. 둘은 과

수원에 가서 싱싱한 사과를 따 왔습니다. 그런 뒤
에 함께 식탁에 앉았습니다.

"우리, 딸기 주스 마실까?"

앤은 마릴라가 알려 준 대로 딸기 주스를 가지
러 갔습니다. 그런데 딸기 주스는 마릴라가 알려
준 곳에 있지 않고 찬장 맨 위에 있었습니다. 앤은
까치발로 딸기 주스를 꺼내 와서 다이애나의 컵
에 따랐습니다. 마침 목이 말랐던 다이애나는 딸
기 주스를 맛있게 마셨습니다.

"정말 맛있다. 우리 집 것보다 더 맛있는 것 같
아."

다이애나는 거푸 세 잔이나 마셨습니다. 그러더
니 두 손으로 자신의 머리를 감쌌습니다.

"왜 그러니?"

"모르겠어. 숨을 쉬기 힘들고, 눈앞이 뱅글뱅글

돌아."

다이애나는 집에 가겠다고 말했습니다. 그러고
는 비틀거리며 밖으로 나갔습니다.

"이대로 가면 서운해. 아직 과일이랑 케이크도
안 먹었는데."

"미안, 나 집에 가, 갈래."

다이애나는 말까지 더듬었습니다.

"오늘 널 초대한다는 생각으로 내가 얼마나 설
렌 줄 아니?"

앤이 다이애나를 말려 봤지만 소용없었습니다.
다이애나에게는 앤의 말이 들리지 않는 것
같았습니다. 앤은 하는 수 없이 다이
애나를 집 마당까지 데려다

주었습니다.

그리고 며칠이 지난 뒤, 다이애나를 만나러 간
앤은 돌아와서 식탁에 엎드려 슬프게 울었습니
다. 마릴라가 그 모습을 보고 놀라 식탁으로 왔습
니다.

"앤, 다이애나와 논다더니 무슨 일이니?"

"다이애나 집에 갔는데 배리 아주머니께서 야단
을 치셨어요. 저번에 다이애나를 초대했을 때 제
가 다이애나에게 술을 먹여 취하게 했다는 거예
요. 배리 아주머니는 저더러 나쁜 아이라며 다이
애나와 놀지 말라고 하셨어요."

"그게 무슨 말이니? 알아들을 수 있게 말해 봐
라."

"저도 이해가 안 돼요. 전 딸기 주스를 줬고, 다
이애나가 맛있다고 세 잔을 마신 것밖에 없단 말

예요. 전 술은 구경도 못 했는데 왜 그러시는지 모르겠어요."

"잠깐, 딸기 주스라면……."

마릴라는 찬장으로 갔습니다.

"오, 맙소사!"

마릴라가 찬장 속에서 확인한 건 딸기 주스가 아니라 집에서 담근 포도주였습니다.

"왜요?"

"다이애나가 마신 건 딸기 주스가 아니라 포도주였단다."

"그럴 리가요? 전 아주머니가 마시라고 했던 딸기 주스를 준 것뿐이데요. 배리 아주머니 말이, 다이애나가 술에 취해 실실 웃다가 몇 시간 동안 잠만 잤다는 거예요. 전 그 말을 도무지 이해할 수 없었는데, 어떻게 그게 포도주일 수 있어요?"

앤이 억울하다는 듯이 말했습니다.

"놓여 있는 곳을 잘못 알려 준 내 탓이 크다. 내가 가서 사실대로 말하면 용서해 주실 게다."

마릴라는 다이애나의 집으로 향했습니다.

그런데 잠시 후, 마릴라는 기분이 엉망이 되어 돌아와서는 물을 벌컥벌컥 마셨습니다.

"가셨던 일이 잘못되었나요?"

앤이 조심스럽게 물었습니다.

"고집불통 같으니라고. 실수로 그랬다고 설명을 해도 도무지 마음을 열려고 안 해. 그래서 나도 한마디 해 줬다. 마시라고 내놓은 우리 아이도 잘못이지만, 맛있다고 세 잔이나 마신 그 집 딸도 문제가 있다고 말이야."

마릴라는 좀처럼 화가 가라앉지 않았습니다.

"아주머니……"

일이 점점 꼬여 가는 것 같았습니다. 앤은 안 되겠다 싶어 다시 다이애나 집으로 갔습니다.

"우리 아이와 놀지 말라고 말했을 텐데."

배리 부인이 쌀쌀맞게 말했습니다.

"아주머니, 잘못했어요. 용서해 주세요. 다이애나는 제게 아주 소중한 친구예요. 그런 친구와 놀지 말라는 말은 제게 너무 심해요. 제발 그 말만은 하지 말아 주세요."

앤은 진심으로 잘못을 빌었습니다.

"아직도 내 말을 이해 못 한 거니? 내 마음은 변함없으니 돌아가거라."

배리 부인은 현관문을 소리 나게 닫고 안으로 들어갔습니다. 앤은 너무나 마음이 아파 집으로 돌아와 서글프게 울었습니다.

"앤, 울지 마라. 배리 부인의 오해가 풀릴 날이

올 거다. 조금만 참으면 다시 다이애나와 잘 지낼 수 있을 거야."

마릴라가 앤의 등을 쓸어 주었습니다. 앤은 그렇게 다이애나와 헤어져야 했습니다.

다음 해 1월, 유난히 바람이 세차게 부는 날 밤이었습니다. 에이번리 마을 사람들 대부분이 샤로트 타운에서 열리는 국민대회에 참석하기 위해 집을 나섰습니다. 마릴라와 린드 부인도 그곳에 갔습니다.

앤은 매슈와 함께 벽난로 앞에 앉아 있었습니다. 앤은 다이애나와 놀 수 있는 유일한 방법이 학교에 다니는 거라고 생각했습니다. 그래서 다시 학교에 나가고 있었습니다.

"앤, 저번에 카모티 상점에 갔다가 필립스 선생님을 만났는데 네가 머리가 좋아서인지 성적이

놀랄 만큼 좋아졌다고 하더구나. 얼마나 기분이 좋았는지 모른다. 넌 더 우수한 학생이 될 거야."

"아저씨, 다른 건 다 괜찮은데 기하 때문에 머리가 아파요."

"차근차근 해 봐라. 분명 잘할 수 있을 거다."

매슈가 격려를 해 주었습니다.

그때였습니다. 누군가 세차게 문을 두드렸습니다. 앤이 문을 열자, 다이애나가 겁에 질린 얼굴로 숨을 헐떡였습니다.

"다이애나!"

"앤, 어쩌면 좋아. 미니메이가 아파. 열이 엄청 높아. 부모님은 시내에서 열리는 국민대회에 가서 안 계셔. 의사 선생님을 모시러 가야 하는데 어떡해? 이대로 두었다가는 큰일 날 것 같아."

다이애나가 다급하게 울먹이며 말했습니다. 미

니메이는 다이애나의 세 살짜리 동생이었습니다.

"내가 의사를 불러오마."

매슈가 모자를 찾아 썼습니다.

"다이애나, 나도 가서 미니메이를 돌볼게."

앤은 매슈가 의사 선생님을 불러올 동안 미니메이를 돌보기로 했습니다.

"의사 선생님도 국민대회에 참석하고 안 계시면 어떡하지?"

다이애나는 집으로 가는 내내 애를 태웠습니다.

"다이애나, 걱정 마. 아저씨는 어떻게든 의사 선생님을 모셔 올 거야. 그리고 난 아이들을 돌본 적이 있어서 아플 때 어떻게 해야 하는지 알고 있어."

앤은 다이애나를 위로해 주었습니다.

미니메이는 앤이 생각했던 것보다도 열이 높고

숨소리가 거칠었습니다. 유모는 아이를 돌본 경
험이 별로 없는 사람이라 쩔쩔매고 있었습니다.

"다이애나, 가래를 토하게 하는 약이 있니? 미니
메이는 후두염이야. 상태가 심각한 것 같아. 하지
만 우리 노력해 보자."

다이애나는 허둥거리며 약 상자가 있는 곳으로

달려갔습니다.

"뜨거운 물이 필요하니 물을 끓여 주세요."

앤이 유모에게 부탁했습니다. 다이애나가 약을 찾아 왔습니다. 앤은 미니메이에게 약을 먹였습니다. 처음에 미니메이는 약을 뱉어 냈지만 아이들을 키워 본 앤은 그 경험을 살려 마침내 약을 먹일 수 있었습니다. 앤은 밤새 미니메이를 돌보았습니다.

날이 밝아 올 무렵에야 의사 선생님이 왔습니다. 미니메이는 언제 보챘느냐는 듯이 잠을 자고 있었습니다.

의사 선생님은 미니메이의 상태를 살피더니 놀라워했습니다.

"앤, 네 덕에 아이 목숨을 살렸다. 조금만 늦었으면 생명을 잃을 뻔했어."

앤은 뿌듯했습니다. 몸은 힘들어도 기분은 최고였습니다. 앤은 매슈와 함께 집으로 오자마자 쓰러져 잠이 들었습니다.

앤이 일어나 아래층으로 내려갔을 때는 오후였습니다. 뜨개질을 하고 있던 마릴라가 앤에게 말했습니다.

"앤, 오라버니한테 네 이야기를 들었다. 미니메이를 살렸다니 장하다."

"제가 그동안 아이를 몇 명이나 돌봤는데요. 그정도는 할 수 있어요."

앤이 어깨를 으쓱해 보였습니다.

"조금 전에 배리 부인이 왔다 갔단다. 미니메이 목숨을 구해 줘서 고맙다고 하더구나. 포도주 사건은 미안하다며, 다시 다이애나와 잘 지내도 좋다고 했다. 그리고 오늘 저녁 식사에 너를 초대했단다."

"와, 정말이에요?"

앤은 기뻐서 두 손을 가슴에 포갰습니다.

"설거지는 내가 해도 되니 어서 가 보렴."

"아주머니, 고맙습니다."

앤은 다이애나 집으로 달음질을 쳤습니다.

Anne of Green Gables

빨간 머리 앤

멋진 추억

"아주머니! 내일이, 내일이……."

2월 어느 날, 앤이 헐레벌떡 뛰어 들어왔습니다.

"앤, 차분하게 말해야지."

"내일이 다이애나 생일이래요. 배리 아주머니께서 절 초대하셨어요. 집에서 다이애나와 같이 자도 좋다고 하셨어요. 손님용 방에서 자도 된대요.

다이애나 말이, 그 방 침대가 가장 아름답다고 했어요. 가도 되지요?"

앤은 흥분을 감추지 못했습니다.

"앤, 잠은 집에서 자야 한다. 그러니 저녁 식사에 가서 축하해 주고 오도록 해."

"아주머니, 이런 기회는 다시는 없을 거예요. 꼭 꼭 가게 해 주세요."

앤이 보챘습니다. 그래도 마릴라는 허락해 주지 않았습니다. 앤은 풀이 죽어 이층으로 올라갔습니다. 마릴라는 그 모습이 안되어 보였지만 앤을 잘 키우기 위해서는 어쩔 수 없다고 생각했습니다.

"마릴라, 앤이 그렇게 가고 싶어 하는데 보내 주지 그러냐? 다른 곳도 아니고 단짝 친구인 다이애나 집에 가는 건데."

매슈도 안타까운지 앤을 위해 말해 주었습니다.

"오라버니는 앤의 일이라면 너무 너그러워서 탈이에요."

마릴라는 더 고민을 하다가 결국 앤을 보내기로 마음을 바꾸었습니다.

"아주머니, 고마워요. 정말 가고 싶었거든요."

앤은 다리에 바퀴가 달린 듯 쏜살같이 다이애나 집으로 달려갔습니다.

"허허, 저렇게 좋아하는걸."

매슈가 앤의 뒷모습을 보며 웃었습니다.

앤은 다이애나 생일을 축하해 주고 같이 음악회에도 갔습니다. 둘은 조그만 일에도 까르르 웃으며 늦게야 집으로 돌아왔습니다. 그러고는 손님 방으로 가는 복도를 까치발을 해서 살금살금 걸었습니다. 앤은 집에서 가장 아름답다는 침대에

빨리 가서 자고 싶었습니다.

"다이애나, 우리 누가 먼저 침대에 뛰어드나 내기할까?"

앤이 말하자 다이애나도 그러자고 했습니다. 둘은 침대를 향해 달렸습니다. 그리고 침대 위로 껑충 뛰어들었습니다.

"에구, 누구냐?"

그런데 아무도 없다고 생각한 침대에 누군가 누워 있었습니다. 앤과 다이애나는 놀라서 방을 뛰쳐나왔습니다.

"다이애나, 그 방은 비어 있다고 했잖아."

"나도 어떻게 된 건지 모르겠어."

다이애나의 방으로 온 둘은 버릇없이 행동했다고 야단을 맞을까 봐 걱정을 하다 잠이 들었습니다.

다음 날, 침대의 주인공이 누군지 밝혀졌습니다. 바로 조세핀 할머니였습니다. 샤로트 타운에 사는 조세핀 할머니는 일흔 살쯤 되었는데, 다이애나 집에 다니러 온 것입니다.

"앤, 조세핀 할머니는 성격이 꼼꼼해서 우리 행동에 대해 꾸중을 하실 거야."

다이애나가 걱정을 했습니다.

"정중하게 사과하면 받아 주시지 않을까?"

앤이 그렇게 말했지만 조세핀 할머니는 아침 식사 시간에 만날 수가 없었습니다. 앤은 집으로 돌아왔지만 일은 거기서 끝난 게 아니었습니다.

저녁에 마릴라가 다이애나 집에 갔다 와서는 근심스럽게 말했습니다.

"조세핀 할머니가 너희들이 한 일로 화가 많이 나신 것 같더라. 한 달 머무를 예정이었는데 당장

가시겠다고 하나 봐. 또 다이애나의 한 달 음악 수업료를 내 주겠다고 하신 것도 취소하셨대. 다이애나 같은 말괄량이는 후원을 해 줄 필요가 없다면서.”

앤은 모든 걸 다 뒤집어쓴 다이애나에게 무척 미안했습니다. 앤은 조세핀 할머니에게 잘못을 빌기 위해 집을 나섰습니다.

“할머니, 들어가도 될까요?”

“들어오너라.”

앤은 조심스럽게 방문을 열고 들어갔습니다. 할머니는 책을 보다가 안경을 위로 올리며 앤을 보았습니다. 할머니는 듣던 대로 마르고 아주 예민하게 보였습니다.

“다이애나인 줄 알았는데, 너는 누구냐?”

앤은 바짝 긴장이 되었지만 마음을 차분하게 가

라앉히고 할머니에게 가까이 다가갔습니다.

"저는 초록지붕집에 사는 앤이에요. 어젯밤 침대 위로 뛰어 올라간 건 모두 제 잘못이에요. 제가 다이애나더러 그러자고 했거든요. 할머니도 아시다시피 다이애나는 얌전해서 그런 짓을 할 애가 아니에요. 그러니 다이애나를 용서해 주시고, 음악 공부를 할 수 있게 후원금을 주셨으면 해요. 대신 저를 꾸짖어 주세요. 전 어릴 때부터 야단을 달고 살아서 괜찮아요. 그러니 혼내시려면 저를 혼내 주세요, 네?"

앤은 말을 마친 다음 할머니의 호통이 떨어질 때를 기다렸습니다. 그런데 예상과 달리 할머니는 앤을 귀여운 듯이 바라보고 있었습니다.

"네 말을 들으니 일이 어떻게 된 건지 알겠다. 하지만 아무리 장난이라도 멀리서 오느라 피곤한

이 할미의 잠을 깨게 한 건 잘못이다."

"저도 그렇게 생각해요. 하지만 어젯밤에는 저희도 무척 기대를 했어요. 다이애나 생일을 맞아 저는 어렵게 허락을 받고 다이애나와 손님방에서, 그것도 다이애나 집에서 제일 아름다운 침대에서 잘 수 있었는데……. 저희도 놀라서 심장이 떨어지는 줄 알았어요. 할머니가 침대를 차지해서 그 침대에서 자 볼 기회를 놓친 게 지금도 아쉬워요."

할머니는 앤의 말을 다 듣더니 소리 내어 웃었습니다.

"앤이라고 했니? 넌 참 재미있는 아이구나. 알았다. 네 말을 듣고 보니 그럴듯하구나. 용서해 주마. 대신 이따금 놀러 와 주겠니?"

"그럼요, 고맙습니다."

앤은 다이애나 일이 해결되어 무척 기뻤습니다.

'휴우, 이제는 장난치지 말고 조심조심 행동해
야지.'

앤은 다짐하며 집으로 돌아왔습니다.

벌써 한 학기가 끝나 가고 있었습니다. 앤과 친
구들은 초록지붕집에서 학예회에 발표할 연극을
준비하고 있었습니다. 매슈는 밝고 명랑한 앤을
흐뭇하게 바라보았습니다. 그러다 고개를 갸웃했
습니다. 앤이 다른 아이들과 뭔가 달라 보이는 게
있었기 때문입니다. 잘 살펴보니 앤은 아무 장식
이 없는 단조로운 원피스를 입고 있었습니다.

매슈는 골똘히 생각하다가 린드 부인에게 갔습
니다.

"우리 집에 어쩐 일이세요?"

린드 부인은 매슈의 성격을 알기 때문에 의아해

했습니다.

"저어, 앤을 위해 요즘 유행하는 옷을 만들어 주고 싶은데, 도와주실 수 있는가 해서요."

매슈는 마릴라가 알면 사치스럽다고 거절할 거라는 말은 하지 않았습니다.

"아, 물론이죠. 학예회 때 입을 거면 화려하고 예쁜 드레스가 어울리겠군요."

린드 부인은 흔쾌히 만들어 주겠다고 했습니다. 매슈는 기쁜 마음으로 돌아왔습니다.

이 주일 정도 지나자, 린드 부인은 예쁜 옷을 만들어 왔습니다.

"어쩐지 오라버니가 뭔가 숨기는 것 같더니, 그거였군요. 예쁘고 화려한 건 좋은데 앤이 허영심을 가질까 봐 걱정이에요."

마릴라는 그렇게 말할 뿐 화를 내지는 않았습니다.

아침에 앤이 아래층으로 내려왔습니다. 그러다 선물 상자를 보고는 눈이 둥그레졌습니다.

"네 선물이란다."

매슈가 앤에게 상자를 건넸습니다.

앤은 상자를 열어 보고는 아무 말도 하지 않았습니다. 그렇게 원하던 어깨가 봉긋한 원피스였는데도요.

"앤, 어떠니, 마음에 드니?"

매슈가 걱정스럽게 물었습니다.

"물론이죠. 너무나 감격해서 말이 나오지 않아

164

요. 제가 이런 훌륭한 선물을 받다니요. 설마 꿈은
아니겠지요?"

앤은 그제야 기쁨에 넘쳐서 말했습니다.

"자, 일어나 식탁으로 가요. 식사는 안 할 건가
요? 앤, 나는 네가 허영심에 빠질까 봐 걱정이다.
하지만 매슈 아저씨가 선물한 거니까 잘 입도록
해라."

앤은 그날 저녁 학예회에
새 옷을 입고 갔습니다.

"우아, 정말 예쁘다."

아이들이 감탄을
했습니다. 앤은 학예
회 내내 행복했습니다.

"마릴라, 앤을 데리고
있기를 잘한 것 같지?"

"네, 맞아요. 정말 잘했다고 생각해요. 앤도 이제 상급학교에 갈 준비를 해야겠지요?"

마릴라는 무대 위에서 활짝 웃고 있는 앤을 사랑스럽게 바라보았습니다.

Anne of Green Gables

빨간 머리 앤

길버트의 제안

마릴라는 바자회 준비를 하기 위해 교회에 가면서 앤에게 저녁 준비를 부탁했습니다. 마릴라는 늦게 끝나 집으로 오면서, 앤이 있어 다행이라는 생각을 했습니다.

그런데 집에 돌아오자 저녁 준비는커녕 앤의 모습도 보이지 않았습니다.

"바쁠 때 도와주면 좀 좋아. 또 다이애나를 만나서 수다 떨고 있겠지. 혼 좀 내야겠어."

마릴라는 화를 누르며 서둘러 저녁 준비를 했습니다. 그런데 저녁때가 다 되어도 앤은 오지 않았습니다.

"앤에게 무슨 일이 있는 거 아니냐? 이렇게 늦을 애가 아닌데."

매슈가 걱정했습니다.

"그러게요. 무슨 일일까요?"

마릴라도 걱정이 몰려왔습니다. 그래서 다이애나 집으로 가서 확인하기 전에 이층 앤의 방으로 가 보았습니다.

"앤, 여기서 뭐 하는 거니? 지금껏 여기 있었던 거냐?"

마릴라가 놀라 소리쳤습니다. 앤이 이불을 뒤집

어쓰고 있었던 것
입니다.

"어디 말 좀
해 봐라. 우리는
네가 안 와서 얼마
나 걱정했는지 아니?"

마릴라는 앤에게 다가갔습니다.

"아주머니, 절 보지 마세요. 전 지금 무척 괴로
워요. 아주 절망적이라고요."

앤이 손을 내저었습니다.

"왜 그러니, 어디 아프니?"

"그런 게 아니에요."

앤이 기어 들어가는 목소리로 말했습니다.

"그런데 왜 이불 속에서 나오려고 하지 않니?"

앤은 그제야 일어나 앉았습니다.

"에구머니나! 그게 뭐냐?"

마릴라는 앤의 머리를 보고 기절할 뻔했습니다. 앤의 붉은 머리카락이 녹색으로 변해 있는 게 아니겠어요?

"오후에 지나가는 장사꾼한테 염색약을 샀어요. 붉은 머리카락이 아름다운 검은 머리카락이 된다고 해서요."

"앤, 낯선 장사꾼한테 함부로 물건을 사면 어떡하니?"

"제 머리카락이 검은 머리카락으로 바뀐다는 말에 사지 않을 수 없었어요. 그래서 염색을 했는데 이 모양이지 뭐예요. 이제 창피해서 어떡해요?"

앤은 그만 울음을 터뜨렸습니다.

"울지 마라. 어떻게 할지 생각해 보자."

마릴라는 앤의 머리를 감게 했습니다. 그래도

아무 효과가 없었습니다.
결국 앤은 머리를 짧게
단발로 잘랐습니다.
앤은 학교 아이들
에게 놀림을 받았
지만 꿋꿋하게 잘
견뎠습니다.

그해 여름, 앤은 그동
안 배운 시 중에 한 편
을 골라 연극을 만들어 보
자고 아이들에게 말했습니다. 아이들도 좋다고
했습니다. 앤은 아이들과 테니슨의 시 '일레인'으
로 연극을 하기로 결정했습니다. 그리고 연습을
하기 위해 호수로 갔습니다.

"앤, 네가 주인공을 맡으면 되겠다. 주인공 일레

인과 네가 비슷한 것 같아."

다이애나가 말했습니다.

"내 머리카락은 일레인과 다른걸."

"무슨 소리야? 비록 머리카락은 짧아졌지만,
적갈색으로 아름다워."

"정말이니?"

앤은 기분이 좋아져서 주인공을 하겠다고 했습니다. 앤이 해야 할 부분은 주인공이 배를 타고 가면서 죽는 장면이었습니다. 앤은 작은 배 안에 다이애나 어머니의 낡은 숄을 펼쳐 놓고 누운 채 두 손을 가슴에 포갰습니다.

"어머, 정말 죽은 사람 같아."

"주인공으로 딱이야."

아이들이 배를 밀었습니다. 배는 오래 묻혀 있던 말뚝 위를 거칠게 부딪치며 밀려갔습니다. 친구들은 호수 아래서 앤을 맞을 준비를 하러 갔습니다. 앤은 배 바닥에 누워 있는 자신이 무척 낭만적이라고 생각했습니다. 그렇지만 그 마음은 금세 조각이 났습니다. 출발할 때 말뚝에 부딪혔는지 배에 물이 콸콸 들어오는 것이었습니다.

"아, 어떡해?"

노를 저으려고 했지만 노를 두고 와서 그럴 수 없었습니다. 앤은 주위를 살펴보았지만 탈출할 방법이 없었습니다.

물이 점점 들어와 배가 가라앉으려고 했습니다. 마침 그때 배는 다리 밑을 지나게 되었습니다. 앤은 힘껏 뛰어올라 다리 기둥에 대롱대롱 매달렸습니다. 배는 다리 난간에 부딪치더니 얼마 못 가 가라앉았습니다.

달려가던 아이들이 그 광경을 보고 놀라 얼굴이 새파랗게 질렸습니다.

"얘들아, 어서 구해 줘."

앤이 소리쳤습니다. 아이들은 어른들에게 알리

려고 마을로 뛰어갔습니다.

앤은 서서히 팔에 힘이 빠졌습니다. 곧 물에 빠질 것 같았습니다. 그때 배 한 척이 보였습니다.

"살려 주세요! 살려 주세요!"

노를 젓던 사람이 다리 기둥을 올려다보았습니다.

"앤, 왜 거기에 있니?"

길버트였습니다.

앤은 체면을 생각할 겨를도 없이 길버트가 내미는 손을 잡고 다리 기둥에서 내려와 배에 올라탔습니다. 몸은 온통 진흙투성이였습니다.

"친구들과 연극 연습을 하고 있었어. 배를 타고 연기를 하다가 배에 물이 차서 탈출했던 거야. 친구들이 어른을 데리러 갔으니 나루터까지 데려다주면 좋겠어."

앤은 쌀쌀맞게 말했습니다.

"큰일 날 뻔했구나."

길버트는 앤을 태우고 나루터로 갔습니다.

"정말 고마워!"

앤이 폴짝 뛰어내렸습니다.

"저어, 앤. 우리 좋은 친구가 되면 어떨까? 저번에 네 머리카락을 가지고 한 말 용서해 줘. 장난으로 한 것뿐이야."

앤은 잠시 가슴이 두근거리고 설레었습니다. 하지만 길버트가 자신을 홍당무라고 부른 일이 아직도 마음에 남아 있었습니다.

"싫어! 난 너와는 친구 하고 싶지 않아."

앤이 톡 쏘아 댔습니다. 그러자 길버트는 화가 나서 배를 타고 가 버렸습니다.

'화나게 하려는 건 아니었는데……. 사과를 받아 줄걸.'

앤은 후회스러웠습니다.

"앤, 살아 있었구나. 네가 어떻게 될까 봐 겁이 났어."

허겁지겁 달려온 다이애나가 울먹였습니다.

"길버트가 마침 배를 타고 지나가다가 구해 줬어."

"그랬구나. 정말 고맙다, 그렇지? 이제 길버트와 화해하는 게 어때?"

"아직도 난 마음이 풀리지 않았어. 그 얘긴 그만해."

앤은 길버트 이야기가 나오자 얼른 말을 막았습니다.

집에 돌아온 앤을 보고 마릴라는 한숨을 내쉬었습니다.

"앤, 넌 언제 철들래? 어딜 가나 말썽을 달고 사는구나."

앤은 마릴라 손을 잡았습니다.

"아주머니, 정말 죄송해요. 제가 너무 낭만과 상상을 좋아해서 탈이에요. 이번 일로 무엇이든 지나치면 안 된다는 걸 깨달았어요."

"네가 하는 일들에 정신이 없었는데, 그렇게 말하니 너답지 않구나. 앤, 그래도 넌 어느 정도 낭만적인 게 좋아. 너에게 상상력이 없다는 걸 생각하기 힘들구나. 조금은 그런 모습을 지녀도 좋아."

앤은 마릴라의 말에 빙그레 웃었습니다.

Anne of Green Gables

빨간 머리 앤

꿈을 향해 나아가다

조세핀 할머니가 앤과 다이애나를 집으로 초대
했습니다.

"다이애나, 앤! 정말 잘 왔다. 몰라보게 자랐구
나. 전보다 훨씬 더 예뻐졌어."

조세핀 할머니의 집은 호화스럽게 장식된 대저
택이었습니다. 앤은 휘황찬란한 저택을 둘러보면

서 눈이 휘둥그레졌습니다. 하지만 곧 초록지붕집이 그리워졌습니다.

조세핀 할머니 집에서 즐거운 시간을 보내고 돌아온 앤은 마릴라의 품속을 파고들었습니다.

"조세핀 할머니 댁에서의 시간은 정말 행복했어요. 그렇지만 제가 사는 초록지붕집이 제일 좋아요."

앤이 조세핀 할머니 집에서 돌아오고 며칠 후, 마릴라와 앤은 난롯가에 나란히 앉아 불을 쬐고 있었습니다. 마릴라는 바느질을 하고 있었습니다. 앤은 따뜻한 난로 앞에 앉아서 상상의 세계에 빠져 있었습니다.

"참, 너에게 전해 준다는 게 깜빡했구나. 앤, 아까 선생님께서 다녀가셨다."

"어머나, 그래요? 선생님께서 갑자기 무슨 일로

오셨어요?"

"네 문제로 오셨다."

"제 문제로요? 아주머니, 걱정이 돼요."

"앤, 그렇게 걱정할 것 없다. 네가 학교에서 말썽을 부린 이야기는 전혀 하지 않으셨다. 선생님께서는 공부를 잘하는 학생 중에서 퀸 학교에 진학하고자 하는 학생들을 위해 반을 따로 만들겠다고 하셨어. 그리고 너를 그 반에 넣으면 어떻겠냐고 물으러 오신 거야. 너는 어떻게 생각하니? 퀸 학교에 가서 교사 자격증을 따고 싶지 않니?"

앤은 자리에서 벌떡 일어났습니다.

"그건 제가 늘 바라던 꿈이에요. 저는 선생님이 되고 싶어요. 그렇지만 돈이 많이 들어서……."

"별 걱정을 다 한다. 우리가 널 키우려고 했을 때 그 정도는 생각했어."

"아주머니, 진심으로 감사
해요. 열심히 공부해서
매슈 아저씨와 아주머니
를 자랑스럽게 해 드릴
게요."

"그래, 그래야지. 앤, 우리는 네가 꿈을 이룰 수
있기를 바란다. 열심히 공부해서 반드시 퀸 학교
에 들어가도록 해."

얼마 후, 학교에는 퀸 학교에 진학하기 위한 준
비반이 만들어졌습니다. 앤은 밤낮없이 공부에
매달렸습니다.

길버트도 준비반이었는데, 앤과 길버트는 서로
지지 않으려고 더 열심히 공부했습니다. 호숫가
에서 앤이 길버트의 사과를 받아들이지 않은 이
후로 둘은 경쟁을 하게 된 것입니다.

어느 날, 마릴라는 설거지를 하는 앤의 옆에 서
서 가만히 앤을 쳐다보았습니다.

'앤은 이제 아가씨가 다 되었어. 저 아이가 없으면 쓸쓸해서 어떻게 지내지?'

마릴라는 앤을 떠나보낼 준비를 해야 한다는 생각에 애틋한 마음이 깊어졌습니다.

마지막 학기가 끝나고 드디어 퀸 학교의 입학시험을 치르게 되었습니다.

"앤, 시험은 어땠어, 잘 봤어?"

다이애나가 물었습니다.

"몇 문제 빼고는 다 아는 문제였어. 발표하려면 이 주일 있어야 하는데, 어떻게 기다리지."

앤은 시험 결과가 어떨지 불안했습니다.

"괜찮아, 모두 합격할 거야. 걱정할 필요 없어."

"다이애나, 난 그냥 합격하는 게 아니라 꼭 좋은 성적이어야 해. 매슈 아저씨와 아주머니의 기대를 저버릴 수도 없고, 길버트에게 지기도 싫어. 길

버트를 이기지 못하면 합격해도 기쁘지 않을 거
야."

앤이 자신의 생각을 말했습니다.

시험이 끝나고 몇 주의 시간이 흘렀습니다.

어느 날, 앤은 창가에 앉아서 꽃향기와 나뭇잎
스치는 소리에 귀를 기울이고 있었습니다. 그때
다이애나의 기쁜 목소리가 들렸습니다.

"앤, 합격이야! 앤 셜리, 네가 일등이야!"

손에 신문을 든 다이애나가 전나무 숲을 지나서
뛰어오고 있었습니다.

앤은 가슴이 두근거려
숨을 쉴 수 없었습니다.

"앤, 합격했어. 너랑 길버
트랑 공동 일등이야. 축
하해!"

앤은 신문의 맨 앞에 쓰여 있는 자신의 이름을 보았습니다.

"앤, 일등 한 기분이 어떠니? 왜 가만히 있어?"

다이애나는 기뻐서 펄쩍 뛸 것 같은 앤이 조용히 있으니 이상했습니다. 그런데 뜻밖에도 앤의 눈에는 눈물이 흐르고 있었습니다.

"너무나 기뻐서 말이 나오지 않아. 어서 아저씨와 아주머니에게 알려야겠어."

앤은 옥수수밭으로 달려갔습니다.

"매슈 아저씨, 아주머니! 시험 결과가 발표 났어요. 제가 일등으로 합격했어요."

앤은 흥분해서 소리쳤습니다.

"어머나, 우리 앤이 일등을 했구나!"

마릴라는 앤을 꼭 안아 주었습니다.

"허허허, 나는 이미 예상하고 있었다. 우리 앤이

일등을 할 거라고 믿고 있었어.”

매슈는 앤에게서 받은 신문을 한 자 한 자 읽어 내려갔습니다.

방으로 들어서자 앤은 창가에 무릎을 꿇었습니다.

“하느님, 저에게 합격의 기쁨을 주셔서 감사합니다. 앞으로도 제가 아저씨와 아주머니를 기쁘게 해 드릴 수 있는 일들이 많게 해 주세요.”

드디어 앤이 퀸 학교로 가는 날이 되었습니다.

앤은 다이애나와 울며 이별했습니다. 마릴라와 작별 인사를 하고 나서 매슈와 함께 마차를 타고 떠났습니다.

앤을 보내고 혼자 남게 된 마릴라는 무척 쓸쓸했습니다.

“아, 앤의 빈자리가 이렇게 클 줄 몰랐구나!”

마릴라는 바쁘게 일을 하며 앤의 빈자리를 잊어 보려고 했지만 허전함을 견디지 못해 눈물이 났습니다.

한편 새로운 학교생활을 시작한 앤은 그곳에서도 길버트와 경쟁을 했습니다.

"1년 과정을 마치고 교사 자격증을 받을 때, 반드시 금메달을 받을 거야."

앤은 다짐을 했습니다.

어느 날, 조지라는 친구가 앤에게 이야

기했습니다.

"우리 학교에 에이브리 장학금이라는 게 있대."

에이브리 장학금이란 그해에 국어학과 국문학 부문에서 일등을 한 졸업생에게 주어지며, 그것을 받아 레드먼드 대학에 입학하게 된다는 것이었습니다.

"좋아, 에이브리 장학금을 받아서 레드먼드 대학에 들어가겠어. 내가 문학가가 되면 매슈 아저씨가 얼마나 기뻐하실까? 반드시 장학금을 타야겠어."

앤은 학교생활을 성실히 하고 새로운 친구도 사귀고 공부도 열심히 했습니다. 그리고 주말이 되면 매슈와 마릴라가 기다리는 초록지붕집으로 왔습니다.

"앤, 네가 오기를 눈이 빠지게 기다렸다."

앤이 초록지붕집으로 돌아올 때마다 마릴라는 맛있는 음식들을 준비해 놓았습니다.

매슈도 말을 하진 않았지만 눈에는 앤에 대한 반가움과 그리움이 가득했습니다.

시간이 흘러 학기말 시험을 치르게 되었습니다. 앤과 친구들은 모든 노력을 시험에 쏟았습니다. 특히 앤은 이번 시험 결과로 에이브리 장학금 수상자가 결정된다는 생각에 더욱 열심히 공부를 했습니다.

드디어 시험 결과가 발표되는 날이었습니다.

누군가 외치는 소리가 들렸습니다.

"우아, 길버트가 메달을 수상하게 되었어!"

그 소리를 듣는 순간, 앤은 스르르 다리에 힘이 풀리는 것 같았습니다.

"아, 길버트에게 지고 말았구나."

그때 다시 외치는 소리가 들렸습니다.

"와, 앤 셜리는 에이브리 장학금을 수상하게 되었어!"

앤은 자기 귀를 의심했습니다.

"앤, 네가 에이브리 장학금을 받게 되었어!"

게시판을 보러 갔던 친구가 앤에게 달려들어 목을 껴안으며 축하했습니다.

축하해 주는 친구들 사이에서 앤은 어리둥절한 채 아무 말도 하지 못했습니다.

"어서 매슈 아저씨와 아주머니께 알려야겠어."

앤은 에이번리 마을을 향해 마차를 타고 달렸습니다.

앤이 에이브리 장학금을 타게 되었다는 소식에 마릴라는 눈물을 흘리며 기뻐했습니다. 매슈 역시 몇 번이나 장학증서를 들여다보며 감격했습니다.

어느 날, 뜰을 거닐고 있는 앤을 지켜보던 매슈가 마릴라에게 말했습니다.

"마릴라, 저 아이를 고아원으로 돌려보내지 않고 우리가 돌본 것은 정말 잘한 일이야, 그렇지?"

마릴라도 웃으며 말했습니다.

"오라버니 말이 옳았어요. 나도 그동안 앤을 바라보며 얼마나 뿌듯했는지 몰라요. 이번 에이브리 장학금 수상뿐만이 아니라, 언제나 그런 생각을 했어요."

마릴라가 만족스러운 듯 말했습니다.

에이번리 마을의 6월은 언제나처럼 푸르고 아름다웠습니다. 사과꽃이 곳곳에 흐드러지게 피어 사방에 향기를 퍼뜨리고 있었습니다.

앤과 다이애나는 과수원을 함께 거닐며 사과꽃 향기에 취해 있었습니다.

"다이애나, 집을 떠나 보니 알겠어. 역시 집이 가장 행복한 곳이야. 집에 오면 널 만날 수 있어서 좋고."

"나도 널 보니 좋아. 앤, 에이브리 장학금을 받

앞으니 레드먼드
대학에 갈 거
지?"

"가을 무렵이
되면 대학에 진학
할 생각이야."

앤은 앞으로 펼쳐질 대학생활을 상상하며 행복
에 젖었습니다.

"앤, 혹시 길버트 소식 들었니? 길버트는 아이
들을 가르칠 거래. 길버트네 형편이 안 좋은가 봐.
길버트가 돈을 벌어야 하는 모양이야."

앤은 길버트 소식을 듣고 힘이 빠졌습니다. 그
동안 길버트가 있어서 서로 경쟁하며 더 열심히
공부할 수 있었기 때문입니다.

'길버트도 함께 레드먼드 대학에 입학할 것으로

생각했었는데…….'

앤은 자신도 모르는 사이에 길버트를 좋아하고
있었다는 것을 어렴풋이 느꼈습니다.

Anne of Green Gables

빨간 머리 앤

새로운 희망

아침 식사를 하는데 매슈의 안색이 좋지 않았습니다. 매슈가 밖으로 일하러 나가자 앤은 마릴라에게 조심스럽게 물어보았습니다.

"아주머니, 매슈 아저씨가 어디 편찮으신가요?"

마릴라는 설거지하던 손을 멈추고 한숨을 쉬었습니다.

"사실은 올봄에 오라버니가 심장 발작을 일으켰단다. 그 뒤로는 건강이 쉽게 회복되지 않는구나."

앤은 놀라 탁자에 엎드려 손으로 머리를 감쌌습니다.

"그런 일이 있었군요. 매슈 아저씨도, 아주머니도 이젠 건강을 돌보셔야 해요. 그동안 저 때문에 고생을 많이 하셨어요. 이제부터는 저도 도울게요."

마릴라는 앤이 더없이 사랑스러웠습니다.

"앤, 에비 은행에 대한 소문 들었니?"

"파산할 것 같다는 소리를 듣긴 했어요."

"그래, 마을 사람들 모두 그렇게 말하더구나. 매슈 오라버니 건강이 더 나빠진 건 그 이유 때문일지도 모르겠구나. 우리 집 재산이 전부 에비 은행에 들어 있거든."

그날 밤 앤은 창가에 앉아서 초록지붕집으로 처음 오던 날을 떠올렸습니다. 사과꽃이 흐드러지던 가로수 길과 노을이 잔잔하게 번지던 그날의 평화로움을 오래도록 잊을 수가 없었습니다. 앤은 초록지붕집에 더 이상 슬픔이 없기를 간절히 기도했습니다.

"앤, 앤! 어서 내려와 봐."

다음 날 아침, 앤은 마릴라의 다급한 목소리에 잠이 깼습니다.

"오라버니, 매슈 오라버니! 왜 그러세요, 어디가 아프세요?"

앤은 정신없이 계단 아래로 뛰어 내려왔습니다.

거실 바닥에 매슈가 쓰러져 있었습니다. 손에는 신문을 꼭 쥐고 있었습니다. 매슈의 얼굴은 이미 굳어 가고 있었습니다.

"앤, 어서 의사 선생님을 불러오너라. 어서!"

앤은 허둥지둥 마차를 몰고 가서 의사 선생님을 모셔 왔습니다. 의사 선생님은 마릴라와 앤을 진정시키고 매슈의 맥을 짚어 보더니 침착하게 말했습니다.

"마릴라, 참으로 유감입니다만 이미 매슈 씨는 숨을 거두셨습니다."

앤은 의사 선생님의 팔을 붙잡고 말했습니다.

"선생님, 매슈 아저씨가 돌아가시다니요? 그, 그럴 리 없어요. 아저씨를 살려 주세요. 살려 주세요, 네?"

앤이 울부짖었습니다. 의사 선생님은 매슈의 손에서 신문을 빼서 펼쳐 들었습니다. 신문 1면에는 에비 은행의 파산 소식이 실려 있었습니다.

"매슈 씨의 죽음은 갑작스럽게 덮친 충격 때문인 것 같군요. 여기에 에비 은행이 파산했다는 기사가 실려 있습니다."

앤은 슬픔을 이기지 못해 방으로 들어가서 흐느꼈습니다. 마릴라도 앤의 방으로 왔습니다. 두 사람은 꼭 안은 채 서로를 위로했습니다.

매슈는 평생 농사를 짓던 밭과 과수원을 지나는 언덕길에 묻혔습니다.

앤은 무덤 앞에 꽃을 놓았습니다.

'사랑하는 매슈 아저씨, 한 번도 불러 보지 못했지만 아저씨는 저의 아버지셨어요. 아저씨에 대한 고마움을 제 가슴에 늘 간직하고 있을게요. 편히 쉬세요.'

앤은 매슈가 좋은 곳에서 편안하게 지내기를 기원하고 돌아왔습니다. 그리고 시간이 날 때마다 무덤을 찾아가 꽃을 놓고 기도했습니다.

"앤, 길버트가 학생을 가르친다는 것이 정말이니?"

마릴라가 계단에 앉아 있다가 물었습니다.

"네."

"어쩌면 그렇게 훌륭한 청년이 되었는지. 얼마 전에 교회에서 길버트를 보았는데, 아버지 조지 브라이스가 젊었을 때와 꼭 닮았더구나. 우리는 참 사이가 좋았지. 서로 잘 어울린다는 소리도 곧잘 들었단다."

마릴라의 얼굴이 붉어졌습니다.

"그래서요? 그 후로 어떻게 되었나요?"

"그런데 어느 날, 우리는 작은 오해 때문에 다투게 되었어. 조지가 사과를 했는데, 내가 용서해 주지 않았지. 사실 용서할 마음은 있었는데 기회가 없었어. 그 후로 조지는 나에게 말을 걸어 오지 않았지. 그 집 사람들 자존심이 무척 강하거든. 난 가끔 그때 조지의 사과를 받아들이지 않은 걸 후회했단다.”

'아주머니에게도 그런 사랑 이야기가 숨겨져 있었구나.'

앤은 자신이 길버트에게 했던 행동들을 하나하나 떠올렸습니다.

'나도 길버트와 화해할 수 있다면 좋을 텐데.'

앤은 자꾸만 길버트가 떠올랐습니다.

다음 날, 시내에서 부동산 중개인이 초록지붕집을 보러 왔습니다. 마릴라가 집을 팔려고 내놓았던 것입니다.

중개인이 다녀간 뒤, 앤은 마릴라에게 단호하게 말했습니다.

“아주머니, 이 집을 팔면 안 돼요. 저는 대학에

가지 않겠어요. 아주머니

혼자 있게 할 수 없어요. 이제부터

는 학교에서 아이들을 가르치려고 해요. 에이번

리 학교는 이미 길버트가 있으니, 카모티의 학교

로 가려고 해요."

"아니다, 앤. 나 때문에 네 꿈을 접어서는 안 돼."

마릴라가 말렸지만 앤은 결심을 굽히지 않았습니다.

앤이 대학에 가지 않고 학생들을 가르칠 것이라는 소식은 순식간에 에이번리 마을에 퍼졌습니다. 그 이야기를 들은 길버트는 자신이 화이트샌드의 학교로 가기로 하고, 앤이 에이번리 학교에서 가르칠 수 있도록 자리를 내주었습니다. 앤은 그 이야기를 듣고 길버트에게 고맙고 미안했습니다.

앤이 매슈의 무덤에 가서 꽃다발을 놓아두고 돌아오던 길이었습니다. 마침 언덕길을 지나가던 길버트와 마주쳤습니다. 길버트는 앤의 모습을 보자 잠시 멈칫하더니 정중하게 모자를 벗어 인사하고는 지나가려고 했습니다.

"저어, 길버트. 할 말이 있어. 나를 위해 선생님

자리를 양보했다는 얘길 들었어. 정말 고마워."

앤은 말을 하는 동안 가슴이 두근거리고 얼굴이 발그레해졌습니다.

"인사받으려고 한 건 아니고, 그냥 너에게 조금이나마 도움이 되고 싶었어. 앤, 날 용서해 줘. 우리는 좋은 친구가 될 수 있을 거야."

앤은 수줍게 말을 꺼냈습니다.

"사실, 예전에 호수에서 이미 널 용서했어. 나 자신도 미처 몰랐지만, 그것을 깨달은 뒤부터 쭉 후회했어."

"그럼 이제부터 우리 좋은 친구가 되는 거다. 가자, 내가 집까지 바래다줄게."

앤은 길버트와 함께 해가 지는 가로수 길을 걸어 초록지붕집으로 왔습니다. 앤은 새로운 행복의 바람이 불어오고 있는 것을 느꼈습니다. 앤은

길버트를 생각하며 입가에 웃음을 머금었습니다.

앤의 설레는 마음을 아는지, 창밖의 사과꽃이
달콤한 향을 보태고 있었습니다.

루시 모드 몽고메리
(Lucy Maud Montgomery, 1874~1942)

　　루시 모드 몽고메리는 캐나다의 프린스에드워드섬에서 태어났습니다. 두 살 때 어머니를 여의고, 마을 우체국장인 외할아버지와 외할머니의 보살핌 속에 자랐습니다.

　　어렸을 때부터 상상력이 풍부하고 글 쓰는 능력이 뛰어나서 열다섯 살에 캐나디언지에 시를 발표할 정도였습니다.

　　『빨간 머리 앤』은 루시 모드 몽고메리의 첫 작품으로, 몽고메리를 순식간에 유명한 작가로 만들어 준 작품입니다. 『빨간 머리 앤』의 내용에 반한 애독자들이 많아지자 『에이번리의 앤』 등의 후속 작품들을 발표하고, 나중에는 앤이 길버트와 결혼하여 아이들을 둔 내용의 작품을 썼습니다.

　　『빨간 머리 앤』의 공간적 배경이 되는 에이번리 마을의 실제 모델은 프린스에드워드섬입니다. 그 섬은 현재 국립공원으로 지정되어, 앤의 흔적을 느낄 수 있게 해 놓았습니다.

　　몽고메리는 시골 마을을 무대로 순진한 소녀가 인생의 어려움에 꺾이지 않고 성장해 가는 과정을 그린 청소년소설인 동

시에 가정소설을 많이 썼습니다. 1908년 발표한 『빨간 머리 앤』으로 시작되는 앤 시리즈와 『귀여운 에밀리』로 시작되는 에밀리 시리즈를 포함한 21권의 가정소설과 시집이 있습니다.

　　1942년 몽고메리가 토론토에서 세상을 떠난 후, 아들이 그의 원고를 정리하여 발표하였습니다. 몽고메리의 삶을 이해할 수 있는 자료로 그녀가 남긴 일기, 원고 등이 있는데, 그녀의 생가는 박물관으로 보존되어 있답니다.